FANTAZMË

Du même auteur

Toxique, Calmann-Lévy, 2017

NIKO
TACKIAN

FANTAZMË

CALMANN
LÉVY
NOIR

Couverture
Conception graphique : Élise Godmuse/Olo Éditions
Photographie : © Michy D/Shutterstock

ISBN 978-2-7021-6280-4

J'aimerais dédier ce roman à mon père,
Arty ou Arthur Tackian,
dont la mémoire s'enfuit doucement,
lui enlevant bons et mauvais souvenirs
pour ne laisser qu'une brume
sans aucun phare pour guide.
À toi papa, malgré tout...

« L'humanité commence par l'amour
et finit par la haine. »

Proverbe kurde

1

Quelques notes de jazz et le chant rauque d'une femme se perdaient dans l'obscurité. Tomar ne savait plus où il avait entendu ce morceau, mais il résonnait dans son crâne comme une mélodie entêtante. Il se tenait immobile, le dos contre le tronc épais d'un arbre. Un froid brutal transperçait ses vêtements et s'infiltrait à l'intérieur de son corps, engourdissant ses muscles. Il ne reconnaissait pas encore l'endroit où il se trouvait, mais ça n'avait aucune importance. Ses nuits n'étaient qu'une succession de cauchemars. Un labyrinthe d'angoisses mélangeant ses tourments de flic et les affres d'un passé douloureux.

Il se redressa lentement et pivota sur le côté pour observer les environs. Partout autour de lui, d'immenses chênes aux branches décharnées se dressaient comme des sentinelles. La musique s'était estompée, supplantée par le bruit de sa respiration et le souffle chaud qui s'échappait de sa bouche en d'épaisses volutes de fumée blanche. Tomar commença à fouler le sol jonché de feuilles mortes que le froid avait rendu dur comme la pierre. Il connaissait cette forêt. C'est là qu'il s'était occupé de Bob. Ce bon vieux Bob qu'il avait empêché de nuire à sa manière, radicale. Il avança droit devant lui, vers un buisson. Les ramures sèches et couvertes d'épines s'accrochèrent au tissu de ses vêtements alors qu'il tentait de se frayer un chemin dans ce chaos végétal. Depuis quand n'avait-il pas rêvé du labyrinthe ? S'était-il définitivement débarrassé des murs et du sol en terre rouge qu'il arpentait chaque nuit depuis son adolescence ? La douleur électrique d'une écharde lui lacéra le cou. De l'autre côté du buisson se trouvait un très haut cerisier dont les fleurs blanches contrastaient étrangement avec l'ambiance crépusculaire de ce monde onirique. Une légère brise détacha une fleur qui tomba doucement vers lui comme un spectre évanescent. Il tendit les bras et ouvrit grand les paumes pour la recueillir, mais le vent la poussa un peu plus loin, jusqu'au pied de l'arbre. C'est alors qu'il aperçut le trou creusé entre les racines noueuses du cerisier. Il devait faire un bon mètre de largeur et il était couvert de fleurs et de feuilles mortes. Tomar se pencha et plongea ses mains dans la fosse. À quoi s'attendait-il ? Peut-être à trouver la boîte qu'il déterrait sans fin dans ses cauchemars d'enfant. Enfin, ses doigts accrochèrent quelque chose de dur qu'il palpa à tâtons avant de le saisir fermement. Un picotement parcourut ses phalanges, comme une morsure glacée se diffusant jusqu'à son avant-bras. Il tira d'un coup sec en arrière et une masse émergea du trou. C'était un crâne humain aussi blanc que les pétales des fleurs de cerisier. Son estomac se noua et une nausée violente lui déchira les entrailles, le forçant à lâcher sa macabre découverte.

Posé sur son tapis de feuilles, le crâne le fixait avec ses orbites vides.

— Dis bonjour à Papa !

La voix dans son dos lui était familière. Pourtant il ne pourrait jamais s'habituer à leurs entrevues nocturnes. Tomar se retourna vers le cadavre putréfié couvert de loques. Le visage de Bob, ou plutôt son absence, le frappait encore. Le bas de sa mâchoire ayant disparu, sa langue pendouillait comme une larve noire remuant au gré de ses déambulations. De ses yeux d'un blanc laiteux coulaient des gouttes opaques formant des croûtes sur ses joues.

— Et ouais ! Quand on cherche, on trouve, dit le cadavre d'une voix incroyablement enjouée, vu son état.

Tomar se redressa et jeta un regard vers le crâne. Il essaya de se rappeler le visage de son père. Était-il blond ou brun ? De quelle couleur étaient ses yeux ? Rien ne lui revenait de cet homme qui avait transformé sa vie en cauchemar. Rien mis à part cette sensation, le jour où il lui avait planté un couteau dans le ventre pour en finir.

— Dis donc, t'es pas très bavard ce soir ! lança Bob en clopinant pour se rapprocher.

— Pourquoi cette forêt ? répondit Tomar.

— Oh, les choses changent, coco. Il va y avoir du nouveau. C'est terminé ton histoire de labyrinthe ! Dossier clôturé, on passe à autre chose. On avance la bouche en cœur et la bite bien droite.

En prononçant ces mots, Bob avait penché sa tête sur les côtés, entraînant sa langue dans un mouvement de balancier désagréable. Il se tenait maintenant tout près de Tomar, diffusant son odeur de charogne.

— Quel genre de changement ?

Tomar sentit alors une brûlure subite au niveau du ventre. Bob venait de lui plonger la lame d'un couteau juste au-dessus du nombril. Vingt centimètres d'acier lui avaient déchiré la chair et les muscles jusqu'à racler le fond de sa cage thoracique.

— Ce genre-là ! répondit Bob, hilare.

Tomar tomba à genoux, les mains collées sur la blessure d'où s'échappaient des flots de sang noir. Il leva les yeux, mais ne réussit pas à apercevoir le ciel entre les branches épaisses des arbres. Puis tout disparut.

2

Tomar ouvrit les yeux et se redressa d'un coup sur le lit. Il était en sueur et l'humidité le fit frissonner.

— Ça va ?

Rhonda s'était tournée vers lui avec un air inquiet. Elle repoussa une mèche de sa tignasse ébouriffée, fixant les mains de Tomar plaquées sur son ventre.

— T'as mal au bide ?

La brûlure de l'acier disparaissait progressivement, mais le visage de Bob était toujours imprimé sur sa rétine. « Les choses changent, coco. » C'était la première fois que son croque-mitaine nocturne lui faisait le coup du schlass, et ça ne présageait rien de bon.

— Juste un cauchemar, répondit-il en tentant d'être convaincant.

Rhonda soupira, puis elle se retourna sur le côté du lit pour attraper son téléphone portable.

— 05 h 30… Pas la peine de se rendormir.

— Je suis désolé.

— Tu veux un café ? lança-t-elle en glissant du lit pour rejoindre la cuisine.

Tomar l'observa tandis qu'elle sortait de la chambre. Ses cheveux blonds coupés au carré formaient un épi au-dessus de sa tête et lui donnaient un air punk. Elle se couchait toujours avec une culotte et une sorte de long tee-shirt informe, même lorsqu'ils avaient fait l'amour, et ça n'enlevait rien à son charme. « Dormir à poil c'est un truc de mec », lui avait-elle dit un jour. Depuis quelques mois, leur histoire avait pris une nouvelle tournure. Tomar avait finalement réussi à sortir de la torpeur de sa séparation pour y voir plus clair dans ses sentiments. Rhonda était là pour lui depuis le début. Elle avait su faire des concessions lorsqu'il s'était comporté comme un gros connard. Elle l'avait soutenu malgré toutes les galères dans lesquelles il était embarqué ! Soutenu jusqu'à se mettre en danger elle-même. Son enquête précédente lui avait montré à quel point les gens bienveillants sont précieux dans un monde où les sociopathes pullulent. Avec Rhonda, les zones d'ombre de son passé semblaient perdre de leur influence sur sa vie.

La jeune femme revint dans la chambre avec deux mugs de café fumant et enjamba le bas du lit pour venir le rejoindre. Ils s'adossèrent contre leurs oreillers, plaquant leurs mains contre les tasses brûlantes pour se réchauffer.

— C'est quand même galère ces cauchemars, dit-elle d'une voix hésitante.

— Oui. En plus, je te réveille à chaque fois…

— Ça, on s'en fout… C'est plutôt pour toi.

Tomar ne répondit rien. Il savait d'où lui venaient ces nuits agitées. Mais elle n'était pas prête à l'entendre.

Rhonda portait déjà sur ses épaules le poids de ses conneries, il ne pouvait pas la prendre en otage en lui révélant son passé et le meurtre de son père. Elle aimait Tomar, le flic, aimerait-elle encore Tomar, le parricide ?

Il avala une longue gorgée de café. Depuis son lit, il pouvait apercevoir la cour de l'immeuble haussmannien, typique de ce quartier de Paris. La nuit était toujours là, le soleil ne pointerait pas son nez avant 8 heures. Il se demanda s'il n'allait pas profiter de son réveil matinal pour passer au club de boxe transpirer un peu avant d'aller au boulot. Rhonda se glissa derrière lui et mit ses bras autour de son buste.

— Tu sais de quoi j'ai envie ? dit-elle tout doucement à son oreille.

Elle prit son mug de café d'une main pour le déposer sur le côté du lit alors que l'autre plongeait vers son entrejambe. Tomar sentit le désir monter d'un coup et se retourna vers elle pour l'embrasser. La boxe pouvait bien attendre.

3

Tout va mieux. Trois mots rassurants inscrits au néon rouge sur l'enseigne d'un café-tabac du boulevard de la Villette dans le XIXe arrondissement de Paris. Si Assan avait su lire le français, il aurait sans doute apprécié l'ironie du message fixé au fronton de ce troquet miteux dont la terrasse donnait sur le métro aérien. Quelques mois plus tôt, se dressait sous les arches du métro l'un des plus grands camps de réfugiés de la capitale. Désormais le lieu était interdit d'accès par un long mur de grilles en acier. Il ne restait des trois mille réfugiés qu'un fatras de détritus et quelques vieux matelas rongés par l'humidité. Assan avait vu les colonnes de bus et les descentes de CRS, il savait que Paris n'était pas la ville sanctuaire idéalisée par les passeurs. Alors il s'était organisé pour survivre en acceptant toutes sortes de petits boulots, à commencer par la vente de cigarettes de contrebande. Il bossait pour un Algérien, un type au visage poupin qui connaissait lui aussi la galère de la rue. Le mec lui fournissait la marchandise et prenait soixante-dix pour cent de sa recette. C'était beaucoup, mais Assan n'était pas en position de négocier. Et puis il aimait bien ce job qui lui permettait d'arpenter les couloirs chauffés du métro. Stalingrad était son repaire, il s'y réapprovisionnait et récupérait les quelques dizaines d'euros de ses bénéfices hebdomadaires. C'était trop peu pour se payer un hôtel, mais suffisant pour squatter dans un appartement sous-loué à quelques sans-papiers comme lui. En France comme dans son pays, l'exploitation de la misère humaine n'avait pas de limites.

Il venait de passer le tourniquet du métro pour prendre l'Escalator menant au quai de la ligne 2 direction Nation. Il aimait bien cette station dont les rames naviguaient au-dessus de la ville. Parfois, il se collait à la vitre pour observer l'enfilade des immeubles en pierre blanche. Paris était une belle capitale même s'il trouvait qu'elle manquait de chaleur et d'animation. En même temps, il ne connaissait que les bas-fonds et les entrailles du métro. Il aurait bien aimé visiter la tour Eiffel ou le musée du Louvre, mais ces endroits étaient défendus aux gens comme lui. Trop de policiers ; le moindre contrôle risquait de le mener dans un camp ou, pire, dans son pays. Il évitait donc soigneusement les zones touristiques et se cantonnait aux quartiers populaires en se fondant dans la masse des anonymes. Une rame passa sur le quai d'en face, entraînant avec elle un courant d'air froid qui le fit sortir de sa torpeur. Il remarqua alors la silhouette à quelques mètres de lui, le visage entièrement dissimulé sous une capuche de toile noire. Assan sut immédiatement que cet homme n'avait rien à voir avec les voyageurs patientant sur le quai du métro. Dans une autre vie, un autre pays, il avait déjà fui pour échapper à ce sentiment de peur qui était en train de le faire frissonner.

Son patron l'avait mis en garde contre les revendeurs de cigarettes et quelques petits caïds revendiquant le business du quartier Stalingrad, pourtant l'homme qui se dressait là avait quelque chose de différent. Quelque chose de froid et de déterminé comme la hache du bourreau. Assan se leva immédiatement de son siège et entreprit de remonter le quai vers la sortie. De temps à autre, il jetait un coup d'œil en arrière pour voir si l'homme le suivait. La silhouette noire resta immobile quelques instants avant d'avancer dans sa direction. Assan força alors le pas pour atteindre la volée de marches qui lui permettraient de rejoindre le boulevard. De là, il irait se réfugier dans un café ou derrière la vitrine d'un magasin pour laisser passer la menace. Peut-être qu'il utiliserait quelques euros pour emprunter un téléphone et appeler son patron. Avec son aide, il pourrait sans doute sortir de cette situation. Assan sauta les dernières marches et accéléra encore jusqu'aux portes automatiques. Il jeta un œil autour de lui et n'aperçut personne. Avait-il rêvé cette présence hostile, ce fantôme au visage noir ? C'est alors qu'une main le saisit par le col et vint le plaquer contre le béton armé d'un pilier du métro. Assan eut un mouvement de défense, mais l'homme lui asséna un violent coup dans le bas-ventre, le forçant à se plier en deux.

— Qu'est-ce que vous vouloir ? grogna-t-il en serrant les dents de douleur.

L'homme se tenait tout près de lui. Assan pouvait apercevoir le contour de son visage à travers le tissu. Il eut un moment de stupeur et poussa un cri d'étonnement. L'homme lui saisit alors les cheveux et frappa violemment son crâne contre le béton.

Encore et encore.

4

La température était tombée en dessous de zéro à Paris et dans le reste de la France. Cette deuxième semaine du mois de janvier 2017 promettait d'être la plus froide depuis une décennie. Comme tous les dimanches matin, Ara descendait l'escalier de son petit appartement rue Jacques-Louvel-Tessier pour aller faire son marché le long du mur de l'hôpital Saint-Louis. Le bitume des trottoirs était recouvert d'une mince couche de gel et elle naviguait d'un pas prudent. Un jeune homme emmitouflé dans une épaisse parka à col de fourrure lui jeta un regard amusé alors qu'elle poussait son Caddie à roulettes comme un improbable déambulateur. Ara ressemblait à une petite mémé inoffensive, et c'est sans doute ce qu'elle était devenue. Le temps où elle parcourait les montagnes inaccessibles du Zagros iranien, kalachnikov en bandoulière, lui paraissait éloigné d'une éternité. Pourtant Ara se rappelait le moindre détail de cette vie menée l'arme à la main et la foi dans le cœur. Ses sœurs combattantes étaient tombées pour gagner leur liberté. Le destin du peuple kurde, héroïque et tragique comme une odyssée homérique, avait marqué sa vie et son âme. Mais que restait-il de toutes ces souffrances ? Aujourd'hui, le combat continuait plus que jamais. Iran, Irak, Syrie, Turquie, Afghanistan… Le sol de tous ces pays s'était gorgé de sang kurde comme de celui de millions d'innocents sacrifiés sur l'autel de la folie d'un zélote ou d'un dictateur, et généralement pour du pétrole. Ara, elle, avait décidé de déposer les armes. Elle devait avoir à peine trente ans, dont quinze passés dans la clandestinité et la rigueur de l'armée de libération, lorsqu'elle avait tout abandonné pour partir s'installer ailleurs. Le soir, au coin du feu, elle partageait ses doutes et ses espoirs avec ses compagnons et le nom « France » symbolisait les droits de l'homme, une terre d'accueil pour les pauvres et les opprimés… « Liberté, égalité, fraternité », trois mots bannis de la plupart des endroits dont elle avait foulé le sol depuis sa naissance. Elle avait donc engagé un long périple pour rejoindre cet eldorado et refaire sa vie loin de ses racines.

Il y eut un bruit sourd quand le Caddie heurta la portière d'une voiture, les roues en plastique avaient glissé sur du verglas. Ara pivota sur le côté pour remettre l'engin sur les rails et reprit son chemin vers l'angle de la rue Bichat où elle pouvait déjà apercevoir les premiers marchands. Le quartier avait bien changé depuis un an. Les gerbes de fleurs, les bougies colorées et les dessins d'enfants n'encombraient plus le trottoir sur lequel les victimes des attentats de novembre étaient tombées, fauchées par les balles. Le *Petit Cambodge* avait fait peau neuve et le *Carillon* accueillait ses fidèles dès la première heure. Le sentiment d'habiter dans un mausolée s'était progressivement dissipé alors que les touristes désertaient enfin cet endroit paisible du Xe arrondissement – *the terrorist tour*, comme ils l'appelaient. De la nuit d'horreur du 13-Novembre, il ne restait qu'une plaque commémorative épinglée sur l'enceinte extérieure de l'hôpital. Ara se souvenait parfaitement de ce moment où elle avait entendu les premiers tirs. « On aurait dit des pétards », avaient affirmé plus tard de nombreux clients rescapés de l'attaque. Des pétards, oui, c'est exactement ce qu'elle avait pensé, enfant, la première fois qu'on lui avait collé un fusil d'assaut dans les mains.

Ara traversa la rue fermée à la circulation pour rejoindre les quelques étalages qui l'intéressaient. D'abord le primeur, un gars de la campagne au visage épais et à la voix rauque. Il était capable de vous parler de la saveur d'une mandarine pendant des heures. Un jour, elle l'avait entendu dire à une jeune femme qu'il détestait les vieux. « Déjà, ils ne font pas la queue, en plus ils mettent trois plombes à trouver leurs sous et y en a même qui rouspètent sur les prix ! » À 15 euros le kilo de tomates, on peut comprendre. « Elles sont chères, oui, mais elles sont bonnes. » Ara adorait l'écouter déblatérer, ça lui rappelait son enfance et les marchés animés d'Istanbul. Parfois, elle faisait semblant d'être sourde pour le forcer à répéter. Un peu plus bas, il y avait un fromager. Les vieilles du quartier disaient qu'il fallait éviter de lui demander de couper des parts et se rabattre sur les produits à l'unité. On n'avait jamais compris si c'était son couteau qui était taillé en biais ou s'il avait truqué sa balance, mais la moindre parcelle de fromage coûtait un bras. Ara suivit les conseils des anciens et se contenta de prendre une bonne livre de feta pour la mélanger à ses légumes. La vendeuse lui lança un regard sombre en prenant son billet de 20 euros pour lui rendre la monnaie. « Voilà, madame Khan, dépêchez-vous de le rentrer sinon il va congeler et vous avec », dit-elle en rigolant. Ara hocha la tête en repensant à la fois où elle avait dû bivouaquer à trois mille mètres d'altitude. Elle savait exactement ce que le mot « congelé » signifiait, vu qu'elle avait failli y perdre ses doigts.

Alors qu'elle se rendait au dernier étal qui l'intéressait, un joli garçon boucher aux joues roses et au tablier taché de sang – son chouchou –, elle entendit un hurlement provenant de la rue. Un homme en survêtement noir et grosse parka militaire s'en prenait à une femme qu'il insultait copieusement. Ara abandonna son Caddie pour se rapprocher alors que les badauds observaient la scène sans réagir.

— T'as rien à faire là, connasse, dégage ! criait le bonhomme en se collant à elle de manière agressive.

La femme devait avoir la trentaine, des cheveux sombres attachés sous un voile coloré. Elle portait une robe longue, des baskets trop grandes pour elle et une veste en cuir noir mal coupée. Son teint était sombre et elle parlait en arabe.

Ara était maintenant à quelques mètres de l'homme qui n'avait pas l'air de vouloir la laisser tranquille.

— Qu'est-ce qu'elle vous a fait ? demanda-t-elle d'une voix calme.

L'homme se retourna et dévisagea ce petit bout de femme aux cheveux blancs et aux yeux d'un vert hypnotique.

— C'est pas tes oignons, la vieille.

Visiblement, ce garçon se serait bien entendu avec le maraîcher du coin.

— Je pense justement que si. Pourquoi est-ce que vous l'agressez comme ça ?

Profitant de son intervention, la jeune femme était venue se réfugier à côté d'Ara et lui parlait en arabe. Une langue qu'elle connaissait parfaitement, puisque c'était celle de ses parents et de la majorité du peuple kurde. Ara comprit qu'elle ne savait pas ce que cet homme lui voulait, ni pourquoi il s'en prenait à elle.

— Elle m'a bousculé pour me voler mon portable, cette pute, lança-t-il.

Ara échangea un regard avec la femme et lui demanda si c'était la vérité. Son visage apeuré et suppliant suffit à la convaincre que non.

— Vous avez dû le perdre, jeune homme… Ou alors il est dans une autre poche.

— Tu me prends pour un con, la vieille.

Ara lui saisit fermement le poignet et planta ses yeux dans les siens.

— Cherchez, avant de l'accuser.

Il y eut comme un silence alors que l'homme hésitait sur la marche à suivre. Était-ce la détermination de son regard ou la vivacité surprenante de son étreinte ? Il fouilla ses poches de sa main libre puis ouvrit sa parka pour en inspecter l'intérieur. Il eut un air ahuri en découvrant le téléphone.

— Ouais, je l'ai, dit-il comme un gamin de cinq ans pris sur le fait.

— Je pense qu'elle mérite des excuses…, fit remarquer Ara.

— Tu rêves.

Ara força sur le poignet et sentit ses ongles s'enfoncer dans la chair. Il eut un mouvement de recul, presque de panique face à cette mémé qui semblait prête à la bagarre. Et puis la tension tomba d'un coup et il laissa échapper un discret « Pardon » avant de rebrousser chemin pour se perdre dans la foule.

C'était léger comme excuse, mais Ara s'en contenterait.

5

La rue Caillé coupait le boulevard de la Chapelle au niveau du métro aérien. C'était une rue étroite bordée d'immeubles à l'architecture hétéroclite s'étalant sur une centaine de mètres. La mairie avait eu la bonne idée d'y installer des balises sur toute la longueur pour éviter le stationnement des voitures. Tomar gara sa Triumph directement sur le terre-plein du boulevard avant de rejoindre le numéro 8 où se trouvait le reste de son équipe. Il passa devant un minuscule salon de coiffure au rideau métallique tagué et s'arrêta face à un immeuble en pierre blanche de quatre étages. Dino l'attendait à l'extérieur, une clope au bec. Il portait un caban en laine par-dessus son cuir élimé, lui conférant ainsi son air boudiné habituel.

— Ça va, boss ? dit-il en soufflant dans ses mains.

Tomar adorait ce mec. Certes, il était plus à l'aise derrière son ordinateur que sur le terrain, mais c'était un flic hors pair pour ce qui était de traiter les données d'une enquête et d'en sortir quelque chose de cohérent.

Lorsqu'il l'avait recruté, Dino s'était immédiatement distingué en démêlant les fils d'une escroquerie à travers le traitement de centaines d'heures d'écoutes téléphoniques. Mercure, le logiciel d'analyse des données, n'avait aucun secret pour lui, d'où le surnom d'Alchimiste qu'il s'était lui-même attribué. Tomar salua son camarade avant de pousser la porte en fer rouge qui barrait l'entrée de l'immeuble.

— C'est pas joli, joli, eut-il le temps d'entendre en avançant dans l'étroit couloir donnant sur une cage d'escalier lugubre.

Après la longue rangée de boîtes aux lettres et la porte à Interphone bloquée par une cale, Tomar s'engouffra dans les entrailles de l'immeuble. Il descendit les marches en béton encadrées de murs rongés par les infiltrations et posa le pied sur la terre battue d'une cave semblant ne pas avoir été entretenue depuis un siècle. De longs couloirs en brique rouge percés de portes à moitié défoncées. Des objets de toutes sortes abandonnés au sol et recouverts de poussière. Il fut obligé de baisser la tête pour éviter de laisser son scalp sur les crochets en fer rouillé qui soutenaient un réseau de fils courant au plafond. Les collègues de la scientifique avaient disposé des torches électriques tout le long du chemin menant directement à la scène de crime. À voir l'état de la cave, elle était fréquemment visitée et la plupart des résidents devaient éviter d'y stocker leurs affaires. Beaucoup de lieux de ce genre devenaient des no man's land propices aux trafics en tout genre, surtout dans ce coin du XVIIIe où la misère du monde entier s'était donné rendez-vous. Tomar parcourut les derniers mètres le séparant de l'entrée d'un box dont la porte en bois gisait à même le sol. La lumière des spots installés aux quatre coins de la pièce formait des halos jaunes où volaient des nappes de poussière soulevée par les pieds des techniciens. Ainsi une brume sombre nimbait les flics qui observaient le corps d'un homme assis sur une chaise. La victime devait avoir la quarantaine, des cheveux bruns coupés court, et Tomar dut se rapprocher pour réussir à distinguer les traits de son visage. Quelqu'un s'était donné beaucoup de mal pour les faire disparaître.

Sa mâchoire édentée pendait le long de son cou, surmontée d'un immense hématome à l'endroit où aurait dû se trouver son nez. Ses paupières gonflées en bourrelets de chair blanche ruisselaient d'un sang épais lui couvrant les joues et les épaules. Il était nu, pieds et poings liés sur sa chaise. Son corps non plus n'avait pas été épargné et Tomar crut distinguer plusieurs traces de brûlures, certaines assez localisées, d'autres plus vastes. Il y eut un flash alors qu'un technicien prenait une photo, et il se redressa pour jeter un coup d'œil aux environs. Un tas de vêtements était abandonné dans un coin, et Rhonda fouillait les poches d'un vieux jean pendant que Francky, son fidèle carnet de notes à la main, dessinait le plan de la pièce en indiquant l'emplacement des chevalets. L'odeur du sang mélangé à l'humidité graisseuse de cette cave commençait à nouer l'estomac de Tomar. Depuis le temps qu'il était flic, il n'arrivait toujours pas à s'y habituer.

— J'ai p't'être un truc, souffla Rhonda en dépliant avec précaution un feuillet conservé dans une pochette en plastique transparent. Assan Barazi… y a sa photo dessus…, dit-elle en le tendant à Tomar. Ça ressemble à une demande d'asile.

— C'est un migrant, lança Francky sans lever le nez de son carnet.

Tomar saisit le formulaire et observa le visage de cet homme avant qu'on le réduise en bouillie. Ses yeux noirs, son air épuisé. Il avait fui son pays pour venir crever comme un chien dans cette cave.

— En tout cas, l'assassin s'est bien acharné, fit remarquer Francky. Visiblement on l'a torturé un bon moment. Faudra voir avec le légiste.

— Qui a trouvé le corps ? demanda Tomar.

— Une locataire du rez-de-chaussée. Elle a entendu des cris en milieu de nuit, mais elle n'a pas osé appeler. C'est ce matin en voyant la porte de la cave ouverte qu'elle l'a fait, répondit Rhonda.

— N'importe qui peut entrer dans cette cave, la serrure est bidon, suffit de mettre un coup d'épaule, ajouta Francky en rangeant son carnet dans sa veste en cuir noir. Ça fait une plombe qu'on fait des relevés d'empreintes, le type qui a fait ça en a laissé partout, ça veut dire qu'il n'en avait rien à foutre. Dix sacs qu'il n'est pas dans les fichiers…

— Un règlement de comptes entre migrants.

— Bingo. Pas de nom, pas d'empreintes, pas de traces. L'enquête de merde, quoi. Ce mec, on le retrouvera jamais.

Tomar observait le visage émacié de Francky. C'était le procédurier du groupe, le roi des détails chargé de noter le moindre indice, et il se trompait rarement.

Puis Tomar revint vers la photo d'identité d'Assan. Francky avait raison : les empreintes ne donneraient rien et personne ne viendrait signaler sa disparition pour relancer l'enquête. Cette affaire allait rester en suspens dans leurs fichiers en attendant qu'un élément nouveau se présente, ça pourrait prendre des années. Tomar quitta le box avec un goût d'amertume au fond de la gorge. *Adieu Assan, paix à ton âme*, pensa-t-il en se dirigeant vers l'escalier pour retrouver l'air froid de la rue.

6

36, quai des Orfèvres. En grimpant le vieil escalier usé par les pas de tant de criminels et de flics acharnés, Tomar fut pris de vague à l'âme. Dans quelques mois, il quitterait les locaux mythiques de la brigade pour rejoindre le quartier des Batignolles et sa nouvelle adresse de la rue du Bastion. Ivan Dorval, le directeur régional de la police judiciaire et actuel patron de la Crim passait déjà ses journées à organiser le départ des premiers services vers le « Bastion » . D'après les bruits de couloir, la brigade des stups et la brigade criminelle seraient les dernières à partir, au plus tard au mois de septembre 2017. Seule la BRI et ses sections d'intervention en alerte H24 devaient rester au centre de Paris. La maquette du site des Batignolles siégeait depuis des lustres dans le bureau du patron. Il ne manquait pas une occasion d'évoquer la qualité des nouveaux locaux, mieux adaptés à une police moderne et regroupant tous les services de la PJ en un lieu unique. C'était clairement la fin d'une époque...

En arrivant sur le palier du quatrième étage dont les murs jaunis desservaient une série de pièces biscornues et exiguës, Tomar ne put s'empêcher de penser que le patron avait sans doute raison. La maison était ancienne et les murs chargés d'histoire, mais ils n'avaient même pas une salle de réunion à se partager. Le bureau du groupe 3 se trouvait au fond d'une travée. Un petit malin avait scotché un feuillet sur la porte : *Je recherche la vérité, pas la gloire* inscrit au feutre noir, le genre de citation désabusée dont raffolait Francky. Travailler au 36 était exigeant. La plupart des enquêteurs sacrifiaient leur vie personnelle, leurs amis, leur famille. Le job prenait le pas sur tout le reste et ne s'arrêtait pas aux horaires légaux. On emportait ses doutes, ses espoirs, ses peines avec soi où qu'on se trouve, Tomar était bien placé pour le savoir. Tous les flics du 36 acceptaient ce sacrifice pour pratiquer un métier devenu une passion dévorante. Mais la passion n'empêchait pas les coups de blues et chacun les exprimait à sa manière. Tomar pénétra dans la pièce qui servait de refuge à son équipe et se sentit immédiatement à la maison. Deux fenêtres de toit donnaient sur la petite cour pavée connexe au palais de justice, quelques bureaux vieillots en bois foncé s'encastraient tant bien que mal dans quinze mètres carrés. La déco improbable s'était composée au fil des années et des enquêtes. On y trouvait une affiche du film *36 quai des Orfèvres* d'Olivier Marchal, des plaques publicitaires émaillées, un large tableau en liège avec des portraits-robots épinglés, une armoire déglinguée que Tomar n'avait jamais vue ouverte et quelques lampes de récup projetant sur les murs une lumière aussi jaune que le papier peint. Ajoutez à ça une odeur de cendres froides et le *tac tac* de vieux claviers d'ordinateur et vous aurez cette fameuse ambiance 36 qu'aucun flic ne voulait quitter.

Francky se tenait derrière un bureau encombré par une montagne de dossiers. C'était à lui de consigner le moindre fait, la moindre constatation et de rédiger l'intégralité des procédures. L'ensemble du 36 pouvait consulter son travail et ainsi se tenir au courant des affaires traitées par le groupe. Il n'était pas rare que les enquêtes traînent des mois, voire des années et ces centaines de feuillets consignés avec rigueur regroupaient le fruit du labeur de dizaines d'enquêteurs chevronnés pendant d'innombrables nuits sans sommeil. Quelque part dans ce magma se cachait la vérité sur le destin tragique d'un homme ou d'une femme, et Francky n'avait pas l'intention de bâcler quoi que ce soit. Ce flic au visage long, aux dents jaunies par le tabac et à la chevelure grisonnante ressemblait à un vieux rocker, improbable Dick Rivers ayant troqué son perfecto pour une chemise blanche étroite et une fine cravate noire.

— Encore une affaire à rallonge, dit-il en jetant un œil sombre en direction de Tomar. On a pas mal de matos dans la cave, empreintes et ADN, mais rien qui parle… comme prévu.

— Et la victime ? questionna Tomar en rejoignant son bureau placé juste sous le panneau en liège.

— Assan Barazi, rien de plus que les infos sur sa demande d'asile politique faite en octobre 2016 à la préfecture de police. Francky jeta un œil dans son carnet de notes avant de continuer. Il dit être né à Alep en janvier 1961 et avoir exercé la profession de cordonnier, voilà le topo. On ne peut rien vérifier, on est obligé de le croire sur parole.

— Et l'autopsie ?

— Pas faite. Bouvier est à la bourre, il a d'autres priorités.

Tomar savait de quoi il parlait. Depuis les attentats de novembre 2015 et la mise en place de l'état d'urgence, la plus grande partie des ressources de la police judiciaire était dédiée à la lutte contre le terrorisme dont les politiques avaient fait la priorité n° 1. Le groupe Khan était un des rares qui restait intégralement attaché aux crimes de droit commun, mais tout le dispositif se concentrait sur la traque et la surveillance des suspects fichés par la SAT. Et ils étaient légion.

— Et le voisinage ?

Tomar pivota vers Dino engoncé dans un tee-shirt bleu clair deux tailles trop petites pour lui, son mug Dark Vador fumant à la main.

— J'ai pigé tous les étages. Rien. D'après les locataires, la porte de la cave n'a jamais fermé et ils se sont même plaints plusieurs fois au syndic. Pas de caméra de surveillance dans la rue, aucun signalement suspect de la PJ du XVIIIe… Rien.

— Et la nana qui nous a appelés ?

— Victoire Lemercier, dix-neuf ans, apprentie comédienne, elle loge là depuis dix mois. Une oie blanche.

— OK, donc on n'a vraiment rien, conclut Tomar en s'enfonçant dans son antique fauteuil en cuir élimé.

— Je t'avais dit que c'était une enquête de merde, nota Francky d'un ton grinçant.

Il y eut un son sourd et la porte du bureau s'ouvrit pour laisser entrer un homme d'une quarantaine d'années.

— Groupe Tomar Khan, c'est ici ? demanda l'inconnu en s'adressant à Dino.

Il était grand, avec des épaules étriquées et des hanches larges. Il portait une chemise d'un bleu blafard sur laquelle pendait une cravate rouge trop courte pour sa carcasse d'échalas. Il avait un visage aux traits grossiers, un début de calvitie prononcé et des yeux en amande d'un vert marécageux. *Des yeux de serpent*, pensa Tomar en prenant la parole.

— C'est ici… Je suis le commandant Khan.

L'homme avança d'un pas et tendit une main dont le contact froid et humide mettait immédiatement mal à l'aise.

— Lieutenant Belko, de l'inspection générale.

L'IGPN. Que vient-il faire ici ? Tomar eut un flash : le visage déformé de son cauchemar lui annonçant qu'il allait y avoir du changement. Était-il là pour la mort de Bob ? Un an que l'enquête du groupe Alvarez piétinait. Personne n'avait réussi à remonter jusqu'à Tomar… jusqu'à aujourd'hui en tout cas.

— Rhonda Lamarck, elle est bien chez vous ?

— C'est mon second, répondit Tomar en fixant Belko.

— Vous pouvez me l'envoyer quand elle arrive ?

— Pourquoi ? questionna Tomar d'un ton un peu sec.

— Rien d'officiel pour l'instant… Disons que j'ai envie de faire sa connaissance, dit le serpent en amorçant un sourire à vous glacer le sang. Sur ce, messieurs, je vous souhaite bon courage.

Tomar regarda Belko tourner les talons pour sortir du bureau et il se dit qu'il allait falloir s'en méfier.

7

À quelques pas de la Seine et de la fontaine Saint-Michel se trouvait une petite impasse répondant au nom de rue de l'Hirondelle. Dans cet étroit passage, à l'abri des hordes de touristes arpentant le Quartier latin, on marchait une dizaine de mètres pour rejoindre la devanture rouge sang du minuscule restaurant italien, *L'Osteria*, dont quelques tables en terrasse se serraient sur le trottoir.

La bâtisse en pierre de taille et poutres apparentes se dressait là depuis des siècles comme bon nombre d'immeubles du quartier historique de la capitale. Sur la vitrine, de larges ardoises noires annonçaient une liste de spécialités régionales et les vins conseillés pour les accompagner. C'est ici que la plupart des flics de la Crim avaient leurs habitudes et venaient fêter le bouclage d'une enquête jusque tard dans la nuit. Livio, le patron, un Calabrais placide au visage buriné, s'occupait bien de ses clients du 36 et on rentrait souvent après un ou deux verres de grappa offerts par la maison. Tomar avait choisi une table au fond de la salle, sous la petite mezzanine en acier où se serraient quelques couverts supplémentaires. Il observait les murs en crépi rose décorés de paysages méditerranéens : un olivier au tronc noueux, une villa face à la mer, des rangées de vigne sous un ciel bleu éclatant. Depuis quand n'avait-il pas pris de vacances ? Presque quatre ans qu'il s'était séparé de son ex-femme et vivait seul en se consacrant exclusivement à son travail. Sa relation avec Rhonda lui avait d'abord paru être un simple pansement affectif avant qu'il s'aperçoive qu'elle comptait pour lui. Il était sans doute temps de mettre de l'ordre dans sa vie sentimentale, et pourquoi pas à deux sur une plage ensoleillée ?

— T'as commandé ? demanda Rhonda en venant s'asseoir en face de lui.

Elle portait un jean moulant, des baskets, un pull près du corps et une veste noire élégante dont elle avait retroussé les manches. Ses cheveux blonds coupés au carré lui arrivaient sous les oreilles et son visage aux traits fins se concentrait sur le menu. Tomar sourit intérieurement en observant ce petit brin de femme capable de faire cracher des aveux aux pires criminels. Il se dit qu'il l'emmènerait bien au bout du monde. Puis la sale tronche de Belko avec son sourire carnassier et ses yeux de serpent effaça les paysages paradisiaques, et il sentit une douleur lui contracter les omoplates.

— Je vais prendre les pennes aux truffes, dit-elle lentement en relevant la tête vers lui.

— On ne se refuse rien, Pénélope !

Trait d'humour pourri, Tomar en avait conscience, mais il n'avait pu retenir cette petite allusion à la femme du candidat à la présidence qui défrayait la chronique actuellement.

— On a des salaires de ministre, non ? répondit Rhonda en souriant, certainement pour lui faire plaisir vu la nullité de la vanne.

Livio passa prendre la commande, insistant pour qu'ils acceptent un apéritif « cadeau » avant de retourner en cuisine en les laissant grignoter leur bol de cacahuètes.

— Bon, je suppose que tu sais déjà, lança Tomar.

— Ouais… C'est qui, ce mec de l'IGPN ?

— Belko, une tête de con, d'après ce que j'ai entendu dire.

Il y eut un silence embarrassé et Tomar lui prit la main.

— Il n'a rien, sinon t'aurais déjà reçu une convocation officielle.

— Je sais, mais pourquoi il veut me parler, à ton avis ?

— Aucune idée… laisse-le venir, dit-il d'une voix rassurante.

Rhonda retira sa main pour se coller contre le dossier de sa chaise. Une mèche de cheveux blonds lui revenait devant les yeux et elle la poussa d'un geste agacé.

— C'est forcément à cause du couteau… Y a aucune autre raison possible.

Tomar se pencha vers elle et sentit la tension qui émanait de son corps. Rhonda avait fait disparaître une pièce à conviction pour le couvrir. Elle avait décidé de se mettre en danger pour éviter que Tomar n'apparaisse dans le dossier Robert Müller, ce violeur récidiviste qu'il avait laissé pour mort dans la forêt de Montmorency. Il n'y avait a priori aucun moyen de prouver que c'était elle, mais elle risquait gros. Une condamnation pour complicité dans une affaire d'homicide, même involontaire, allait lui coûter sa carrière.

— Si ça chauffe, je me dénoncerai, dit Tomar sans hésiter.

Une ride apparut entre ses yeux alors qu'elle se rapprochait de lui.

— Tu débloques ! Tu ne vas pas bousiller ta vie pour ce connard.

— On va voir ce qu'il te dit… S'il y a le moindre risque…

Elle ne lui laissa pas le temps de terminer sa phrase.

— Arrête de délirer, dit-elle en haussant la voix.

Dans un coin du restaurant, deux touristes les observaient en douce, persuadés d'assister à une dispute amoureuse.

— Quoi qu'il arrive, tu ne dis rien… Ce Belko, on va le gérer ensemble…

En prononçant ces mots, elle prit sa main fermement, et Tomar se demanda où elle allait chercher toute cette force. Livio les interrompit pour apporter deux assiettes fumantes et leur servit un peu de vin rouge au pichet.

Rhonda leva son verre pour trinquer et ils terminèrent le repas en parlant d'autre chose. Pourtant, Tomar savait que rien n'allait être aussi simple…

8

Tomar sentait le café lui brûler les lèvres alors qu'il observait la pièce. Rien n'avait changé depuis son enfance. L'appartement de sa mère était resté le même, avec ses meubles en chêne patiné par le temps, ses tapis d'Orient recouvrant la moindre parcelle de parquet, ses minuscules photos de poupons perdus dans de grands cadres dorés. Dans un coin, un paravent en tissu brodé d'épais fils de laine délimitait un espace où une table basse marocaine supportait le poids d'un antique narguilé. Il y avait des gravures dont les tours aux dômes pointus semblaient sortir d'un conte des *Mille et Une Nuits*, quelques beaux livres de photos sur l'Afghanistan et l'Iran, et deux larges canapés recouverts de plaids moelleux. De lourds rideaux à moitié tirés sur l'unique fenêtre laissaient passer un faisceau de lumière blanche digne d'une église. C'était un lieu de recueillement qui donnait envie de parler à voix basse, un refuge bâti par sa mère pour assurer la sécurité de ses enfants et apporter la paix qui leur avait tant manqué.

Ara l'avait appelé quelques heures plus tôt. Au son de sa voix, Tomar avait compris que quelque chose d'inhabituel se passait, mais il était loin de s'attendre à ça ! Au bout du couloir s'ouvrait une chambre d'enfant de quelques mètres carrés, c'est là que Tomar et Goran, son petit frère, s'étaient finalement installés après bien des déménagements. Voilà bien longtemps qu'ils étaient partis et la pièce était restée dans le même état, comme sanctuarisée. Tomar but une gorgée de café et posa la tasse en porcelaine sur un coin de table avant de se rendre dans le couloir. De là, il apercevait la porte devant laquelle se tenait sa mère, et les deux gamins aux cheveux sombres jetant des regards inquiets dans sa direction. Ara leur caressait la tête, murmurant des mots en arabe qu'il supposait être des paroles rassurantes. Au bout de quelques minutes, elle leur fit signe d'aller jouer et se retourna vers Tomar pour venir le rejoindre.

— Ils s'appellent Hala et Ziad, dit-elle avec un sourire radieux. Je pense qu'Hala doit avoir dix ans… son frère à peine sept…

— Ils sortent d'où, ces enfants ?

C'était un peu brut mais la question lui brûlait les lèvres depuis son arrivée et Ara n'avait pas encore daigné lui expliquer pourquoi deux gamins s'étaient installés dans sa chambre.

— Leur mère s'est fait agresser par un sale type au marché, elle n'a nulle part où aller, je ne vais pas la laisser comme ça, lança-t-elle avec aplomb.

— Tu ne vas pas non plus les héberger trop longtemps !

— Pourquoi pas ? répondit Ara d'un ton inhabituellement sec.

— Simplement parce que tu ne connais pas ces gens.
— Et alors ? Ils ont fui leur pays, ils ont traversé le désert et la mer pour arriver jusque chez nous...
— D'où viennent-ils ?
— De Syrie... Ils habitaient Alep, Nouria, la mère, était médecin. Tu n'as pas idée, Tomar, de tout ce que ces petits ont vu, dit-elle en se retournant vers la chambre d'où leur parvenaient des murmures d'enfants. Et tu sais le pire, mon fils ?

Tomar se contenta d'acquiescer. Il connaissait trop bien ces yeux clairs et la lueur de détermination qui brillait à l'intérieur. Sa mère était une combattante, une Peshmerga insoumise qui préférait la mort à la défaite. Elle avait une idée derrière la tête et il ne servirait à rien d'essayer de la contredire.

— Le pire, c'est que les passeurs qui leur ont pris tout leur argent avant de les abandonner dans un camion au milieu de l'Italie... Eh bien, ils étaient kurdes. Les traîtres...
— Ce n'est pas une raison pour que tu te sentes obligée de...

Tomar n'eut pas le temps de terminer sa phrase. Ara le fusillait du regard. Un regard qu'elle lui réservait lorsqu'il était sur le point de la décevoir. Il se rappelait une fois, il devait avoir sept ans, où elle lui avait demandé de veiller sur son petit frère pendant qu'elle allait faire des courses. Tomar s'était rapidement désintéressé du bébé qui braillait dans son landau pour allumer l'écran de télévision. À son retour, Ara avait retrouvé Tomar hypnotisé par un dessin animé alors que Goran hurlait tout son soûl. Elle lui avait lancé ce même regard, et Tomar s'était senti gelé de la tête aux pieds. La confiance et l'amour de sa mère, c'est tout ce qu'il avait face à ce père violent qu'ils essayaient de tenir à distance. Sans ça, toute chaleur se diluait dans les ténèbres.

— Tomar, écoute-moi, reprit Ara en lui attrapant les mains. Il faut que tu fasses quelque chose pour ces gens…

— Que veux-tu que je fasse, maman ? demanda-t-il comme un petit garçon soucieux de bien se comporter.

— Aide-les à avoir leurs papiers…

— Je suis officier de police judiciaire, je ne travaille pas à la préfecture.

— Il y a forcément un moyen. Quelqu'un peut les aider, supplia-t-elle presque.

Tomar eut un soupir alors qu'elle relâchait son étreinte pour lui caresser la paume des mains.

— Je vais me renseigner, dit-il, bien conscient que ses paroles le liaient dans un pacte scellé par l'amour d'une mère.

— Je sais, mon fils, tu es un homme bon, tu ne peux pas faire semblant de ne pas les voir…

Il y eut un bruit de verre cassé dans la pièce et le plus jeune des gamins sortit avec une figurine de dauphin brisée entre les mains. Ara lui lança quelques mots et son air inquiet disparut pour laisser place à un grand sourire. En observant cette frimousse aux yeux noirs et au teint hâlé, Tomar se dit que cette promesse allait être difficile à honorer, mais qu'elle en valait la peine.

9

Le cadavre d'Assan était étendu sur la table en Inox. Guy Bouvier, le légiste référent du groupe, venait de terminer l'examen externe et s'apprêtait à passer aux choses sérieuses. Il se tenait penché au-dessus de l'abdomen, scalpel à la main, et y pratiquait une incision profonde, une « crevée » à même le muscle permettant de préciser ses constatations. Lorsqu'ils arrivaient au centre médico-légal, les corps des victimes devenaient de simples constructions de chair réduites en pièces détachées par les soins du légiste. On oubliait l'humanité de la personne pour se concentrer sur la matière brute, le magma de viande et de sang à l'intérieur duquel se cachait la vérité. Tomar n'aimait pas particulièrement assister aux autopsies, mais il avait fini par s'y habituer. En regardant travailler Bouvier, il ne pouvait s'empêcher de penser aux milliers de corps que cet homme avait minutieusement disséqués avant de les reconstruire pour les rendre présentables aux familles. Quelle vocation avait bien pu le mener jusque-là ? Comment vivre avec les autres lorsqu'on savait aussi précisément ce qu'il y avait à l'intérieur ? Il se souvenait d'une conversation, un soir d'été après une autopsie tardive. Bouvier lui avait demandé s'il pensait que l'identité d'une personne résidait dans son corps. Tomar avait été étonné par cette question d'ordre quasi mystique, assez inhabituelle pour ce qu'il savait du légiste. Parlait-il de l'âme ou de l'esprit ? Non, Bouvier n'était pas croyant, sa foi se limitait aux processus métaboliques et à l'activité cérébrale. Pour lui, l'existence se résumait à une longue phrase dont la naissance formait la majuscule et la mort le point final. Passer de vie à trépas était le plus naturel des phénomènes et le destin de chaque être humain. Espérer autre chose était vain. Non, il parlait de tout ce qui nous rend différents des autres malgré nos similitudes physiologiques. Il était persuadé que l'identité d'une personne se créait en réaction aux relations entretenues avec ses semblables. « Nous n'existons pas sans l'autre », avait-il conclu d'une voix grave que Tomar ne lui connaissait pas.

Il y eut un bruit de raclement alors que Bouvier utilisait une scie pour découper la cage thoracique d'Assan. Francky se tenait derrière lui, appareil photo en main, et n'en perdait pas une miette. L'examen interne sembla durer une éternité. Chaque organe méticuleusement retiré, pesé, disséqué, puis ce fut au tour des voies aériennes – comprendre le système respiratoire, dont une bonne partie était déjà mise au jour par la violence des coups que l'homme avait reçus en pleine face. Enfin, Bouvier utilisa sa scie circulaire pour découper le crâne et il s'attarda longtemps sur la base avant d'extraire le cerveau et de le poser dans la balance.

— C'est bien ce que je pensais, dit-il comme s'il continuait une conversation entamée avec lui-même. Cet homme avait mille raisons de casser sa pipe, mais la cause de la mort est l'étouffement par obstruction des voies respiratoires. Je dirais à l'aide d'une corde, d'après les marques sur le cou. Un garrottage en règle…

— Et l'heure du décès ? questionna Tomar.

— Certainement vers 2 ou 3 heures du matin. Après au moins deux heures de sévices, d'où les hématomes, brûlures de cigarette, quelques traces de soude aussi.

— On n'a rien de plus que les premières constatations, soupira Francky en photographiant le cou d'Assan.

— Oh si, beaucoup plus ! lança Bouvier d'un ton guilleret. D'abord ce monsieur a déjà de nombreuses cicatrices bien antérieures à cette soirée. Il se pencha sur le corps, saisit une pince et commença à fouiller à l'intérieur de l'os qu'il avait scié. J'ai trouvé une cavité anormale dans cette côte, une marque de balle, un gros calibre, je pense, et ce n'est pas récent.

— D'après sa fiche, c'est un Syrien. Il a dû fuir une zone de conflit, probable que cette blessure date de cette époque.

— À en juger par la calcification osseuse, elle est ancienne, au moins dix ans, mais ce n'est pas tout. (Bouvier lâcha sa pince pour venir se positionner derrière le corps.) Il y a deux lésions profondes à l'arrière du crâne qui ont été faites avant son petit séjour à la cave… je dirais entre dix et douze heures plus tôt.

— On l'aurait assommé ?

— Avec beaucoup de conviction. Le trauma crânien était déjà important avant qu'il ne passe sur le gril. Je ne suis même pas certain qu'il y aurait survécu.

— Ça veut dire qu'il devait mourir quoi qu'il arrive, lâcha Tomar en posant une main sur sa tempe gauche pour calmer le mal de tête qui commençait à monter. On l'enlève, on le torture pour récupérer une information et on le supprime. Ça ne fait pas très règlement de comptes entre migrants…

— On n'en sait rien. Peut-être une histoire de dette ? objecta Francky. Si c'était lié à autre chose, on aurait forcément sorti un client avec tout le matos qu'il a laissé sur place.

— Rien d'autre ? demanda Tomar en se tournant face à Bouvier.

— En dehors de ce tatouage d'aigle noir sur l'avant-bras, une coquetterie datant d'une dizaine d'années d'après la détérioration des pigments, j'ai aussi repéré quelques dépôts de matière sous ses ongles. On attendra l'analyse, mais je dirais du tabac, à en juger par l'odeur.

Bouvier eut un sourire content de lui et se dirigea vers l'évier pour ôter ses gants.

— Maintenant, messieurs, je ne vous retiens pas, je vais me faire une pause avant de refermer tout ça.

Francky rangea son matériel pendant que Tomar fixait les yeux sans vie d'Assan. N'ayant ni famille ni proches, il appartenait à ce que le jargon des services funéraires appelait « les personnes dépourvues de ressources relationnelles ». Il partirait dans un camion et serait enterré dans l'indifférence d'une tombe anonyme. Personne n'assisterait à l'inhumation et aucune recherche particulière ne serait entamée. « Nous n'existons pas sans l'autre. » Bouvier avait bien raison.

10

Francky se grillait une clope sur le petit parking de l'institut médico-légal. Ce long bâtiment de brique rouge coincé entre la voie rapide du quai de la Râpée et la gare de Lyon ressemblait à un fortin antique résistant à l'urbanisation galopante qui sévissait dans ce quartier des bords de Seine. C'était effectivement un lieu hors du temps dont bien peu de Parisiens soupçonnaient l'existence. Le ballet continuel des corps entrants ou sortants tout comme celui des familles chargées de les reconnaître formaient une symphonie lugubre et figée, contrastant avec la frénésie de la circulation environnante. Le voile gris du ciel était percé par endroits de quelques rayons lumineux miroitant sur l'eau du fleuve. Tomar remonta la fermeture de sa veste et parcourut la dizaine de mètres le séparant de son camarade. Il regarda Francky inspirer une longue bouffée de tabac avant de souffler par le nez un nuage de fumée blanche.

— Putain, ça fait du bien de cloper.

— Qu'est-ce qui t'arrive ? On a vu pire, non ? répondit Tomar en rentrant les mains dans ses poches pour se protéger du froid.

— C'est cette saloperie d'ulcère. Il me lâche pas. Je dors deux heures par nuit.

— En même temps, si tu ne te fais pas soigner, faut pas s'étonner.

Francky se plaignait de ses douleurs à l'estomac depuis des années, à tel point que tout le monde s'était habitué à le voir grimacer en permanence. Tomar avait été un des premiers à lui dire de s'en occuper, mais il le soupçonnait d'avoir une peur bleue des hôpitaux. À force de côtoyer la mort et le milieu médical, on finissait par se négliger soi-même. Tomar avait connu ça des dizaines de fois dans sa carrière. Lui s'était réfugié dans le sport pour exorciser ses démons, et ça avait au moins le mérite de le laisser en bonne condition physique.

— Faut que je fasse des analyses, répondit Francky en baissant les yeux. Je vais attendre le printemps… C'est trop plombé en ce moment.

Le genre de délai qu'on se donnait pour éviter d'affronter ce qui nous déplaisait. Tomar avait fait ça toute sa vie pour échapper à la culpabilité. Mais, un jour, la réalité vous rattrape et vous présente une note salée. Et là, pas moyen de négocier ou de voir plus tard, on passe à la caisse, tout de suite et avec les majorations. Francky se recroquevilla sur lui-même en frottant ses mains pour se réchauffer.

— Dis donc, j'ai un truc à te demander, dit Tomar en se plaçant face à lui. Tu connais quelqu'un à la préfecture ?

— Quel service ?

— Demande d'asile… C'est pour une femme et deux gosses.

— Tu t'occupes de ça, toi, maintenant ?

Francky avait prononcé ces mots avec une surprise sincère. Tomar se dit qu'il devait avoir l'air d'un mec passablement froid et distant pour se prendre ce genre de remarque.

— Ouais… Disons que je rends un service.

Francky inspira à nouveau un peu de poison avant de répondre.

— Je connais quelqu'un à l'Opfra, l'organisme qui gère les réfugiés. Mais c'est pas gagné, tu sais…

— J'imagine.

— La nana est bien, elle sert d'interprète pendant les entretiens. Je l'ai dragouillée pendant des mois, dit-il en souriant comme un crocodile.

— Quel âge ?

— Oh… vingt-cinq, vingt-six…

— Vieux dégueulasse.

— Si j'ai pas le droit de rêver, qu'est-ce qui me reste ? De toute façon, elle m'a jeté.

— Faut croire qu'elle est maline.

— Ouais…

Baby one more time de Britney Spears retentit, et Francky se plia en deux pour sortir son téléphone portable de la poche de son veston. Malgré sa tronche de vieux rocker, il avait un goût hallucinant pour la pop acidulée totalement ringarde.

— Ouais, j't'écoute, dit-il en se collant sa clope au coin des lèvres.

Tomar jeta un coup d'œil au bâtiment et remarqua une silhouette en blouse blanche penchée à une fenêtre du troisième étage. Un des légistes devait sentir le besoin de respirer l'air frais. Peut-être que c'était Bouvier. Il venait de recoudre le corps d'Assan comme on assemble les pièces sanguinolentes d'un puzzle humain qui ne s'emboîteraient plus jamais correctement.

— Putain ! y a du nouveau, lâcha Francky en rangeant son téléphone. L'alchimiste a levé un lièvre. Il est trop fort, ce con.

— Raconte.

— L'ADN du mec dans la cave, il l'a fait matcher. Une autre affaire de meurtre mais gérée par les Stups. Un truc chez les Albanais ! On n'avait aucune chance de tomber dessus s'il n'avait pas croisé les recherches. Putain de Dino !

Tomar sentit un brusque courant d'air frais lui piquer le visage. Les yeux de Francky brillaient d'excitation. Finalement, cette petite histoire de règlement de comptes promettait d'être plus intéressante que prévu.

11

Il l'avait convoquée dans un bureau mansardé du sixième étage utilisé par les procéduriers pour classer leur montagne de paperasse. L'inspection générale de la police nationale, la police des polices, n'avait pas pour habitude de faire dans la dentelle. Rhonda s'attendait à ce que Belko ne lâche rien, il la cuisinerait longtemps et sans lui faire de cadeau. Ils étaient tous les deux flics, mais certainement pas pour les mêmes raisons. Rhonda luttait contre le crime en respectant les règles, même si elles ne lui paraissaient pas toujours adaptées. Le lieutenant Belko, lui, traquait la faute, le moindre relâchement, et il était seul maître à bord pour briser une carrière. Les criminels passaient devant un juge en présence de leur avocat, les flics, eux, n'avaient pas le droit à l'erreur et encore moins au burn-out. Rhonda savait tout ça et était prête à l'affronter, pourtant une pointe de culpabilité lui tiraillait les entrailles. Elle, la fille de Caen montée à Paris pour réaliser son rêve de gamine. Elle qui avait dû bûcher trois fois plus que ses collègues masculins pour obtenir le privilège d'intégrer le 36. Elle qui respectait la loi à la lettre et dont les procédures étaient aussi « immaculées que le cul d'une nonne », dixit Francky. Oui, c'était la même fille qui avait pris des risques inconsidérés pour protéger l'homme qu'elle aimait. Rhonda ne regrettait pas son geste malgré sa gravité, mais elle savait que ce petit arrangement avec ses convictions la mettait en porte-à-faux. Tomar naviguait dans des zones d'ombre où elle avait toujours refusé d'aller, et voilà qu'elle était désormais obligée de s'enfoncer avec lui pour éviter le pire.

Antonin Belko était assis derrière un bureau dont le moindre centimètre carré croulait sous le poids d'épais dossiers classés dans des pochettes cartonnées. Il avait déplacé deux piles pour se ménager un petit espace et se tenait mains croisées et buste penché vers l'entrée, dans une posture faussement décontractée. En poussant la porte, Rhonda se dit qu'il ressemblait à un vieux garçon un peu niais, engoncé dans sa chemise bleue à manches courtes. Qui portait ce genre de tenue en plein hiver ?

— Lieutenant Lamarck, dit-il en posant sur elle un regard qui la mit immédiatement mal à l'aise.

Rhonda acquiesça de la tête et vint s'asseoir en face de lui alors qu'il se levait et dépliait sa grande carcasse mal foutue pour lui tendre une main aussi longue qu'une patte de crocodile.

— Très heureux de vous rencontrer, lieutenant. J'étais justement en train de parcourir votre dossier.

Rhonda baissa les yeux et aperçut un classeur noir dans lequel plusieurs fiches plastifiées protégeaient des profils de fonctionnaires. Sa photo d'identité réglementaire était agrafée sur l'un d'entre eux.

— Vraiment impressionnant ! Et ça depuis le premier jour. Major de votre promo, recommandations de tous vos supérieurs lors vos classes sur le terrain… Vous étiez bien dans le XVIIIe ?

— Commissariat de la Goutte d'Or, précisa Rhonda. Il essayait déjà de l'embrouiller.

— Pas facile ce quartier, répondit Belko en forçant une espèce de sourire qui aurait pu être comique si Rhonda n'avait pas été si tendue. Et après quelques années de terrain vous passez enfin votre examen d'officier et *hop*… vous voilà ici, avec la crème de la crème.

Il y eut un long silence.

— Jeune, intelligente, talentueuse et jolie… vous avez toutes les qualités, lieutenant.

Belko avait prononcé cette phrase avec un je-ne-sais-quoi qui fit tilter le détecteur à emmerdes de Rhonda. Ce mec était plus malin qu'il en avait l'air. Elle le suspectait même d'en rajouter pour paraître inoffensif, mais Tomar avait raison : c'était une créature au sang froid dans le genre de celles qu'il leur arrivait de traquer. La seule différence, c'est qu'il se trouvait de l'autre côté de la loi.

Belko prit une longue inspiration avant de reprendre la parole et Rhonda se dit qu'une fois encore ça sonnait faux. Tout était calculé chez ce mec, sa moindre posture, ses moindres silences.

— Je vais maintenant vous expliquer pour quelle raison vous êtes là… J'imagine que vous vous posez la question. Alors voilà, à l'origine il s'agit d'une simple inspection de routine pour évaluer la régularité de votre gestion des pièces à conviction. Je vous avoue que les petits gars de la Crim n'étaient pas dans mon collimateur, je m'attendais surtout à ce que les cow-boys de la

BSP oublient de consigner quelques paquets d'herbe... c'est déjà arrivé, ça arrivera encore... et puis je suis tombé sur ça.

Il venait de lui poser un épais dossier sous les yeux. Sur la couverture, la mention *GP5 Dossier Müller* ne laissait plus place au doute. Il fouilla à l'intérieur et sortit un cliché imprimé sur lequel on apercevait un sac de scellés et un couteau.

— Il y a un peu moins d'un an, cette pièce numérotée GP5-67 a disparu des étalages. Elle y avait été consignée par un de vos collègues du groupe Alvarez. (Il posa un gros doigt sur un bout de formulaire en papier carbone.) Vous voyez, là, c'est la date de constatation des faits, le 12 mars 2016.

Rhonda se prêta au jeu et jeta un coup d'œil au récépissé réglementaire en faisant mine d'être étonnée.

— Oui, c'est malheureux, mais pas mal de pièces disparaissent. J'en ai signalé au moins trois sur nos dossiers depuis mon entrée au 36, dit-elle d'un ton compatissant.

Belko croisa ses mains et planta son regard dans le sien. Une fraction de seconde, elle eut l'impression de lire ses pensées. Il semblait apprécier sa réponse comme un compétiteur heureux de rencontrer un adversaire à sa taille.

— Malheureux, c'est certain, dit-il, mais également fâcheux, car ce couteau aurait sans doute permis de démasquer le criminel responsable du décès de M. Robert Müller. Vous savez qui c'est, ce Müller ?

Question piège. Lui donner trop de précisions risquait de la mettre en position de faiblesse.

— Ça me dit quelque chose...

— Heureusement, votre groupe a travaillé sur le cas de ce monsieur, un dangereux détraqué sexuel multirécidiviste.

— Oui, on l'a chopé, mais il avait un bon avocat.

Belko eut un long soupir désolé.

— Ces dysfonctionnements sont vraiment regrettables. Mais revenons à la disparition du couteau... Et puis vous ne savez toujours pas pourquoi vous êtes là.

— Mais je sens que vous allez me le dire, risqua Rhonda avec l'envie profonde d'écourter cette entrevue avant que le piège ne se referme.

— Eh bien, j'ai fait la liste de toutes les personnes qui se sont rendues aux archives des scellés entre le jour de dépôt et le jour de constatation de la disparition et devinez quoi... votre nom est sur cette liste.

— Je ne dois pas être la seule.

— Non, effectivement, j'ai du pain sur la planche. Mais c'est un début, dit-il en souriant tellement largement qu'une batterie de dents impeccablement blanches émergea de sa bouche. (Il avait dû porter un appareil toute son enfance et passer sa vie à se faire détartrer pour avoir des quenottes pareilles.) Vous avez signé le registre pour le dépôt d'un « couteau de cuisine » dans l'affaire Marie-Thomas Petit ? C'est super, ça !

— Super ? répondit-elle sans comprendre.

— Super, je veux dire que vous avez sans doute croisé notre couteau disparu puisque vous vous êtes rendue dans son rayon.

— On a beaucoup de couteaux, là-haut...

— Sept, très exactement, à votre date de dépôt. Sept, dont le vôtre et celui de l'affaire Müller. Vous auriez pu le voir.

Ce mec était cinglé. À en juger par la lumière dans son regard, il jubilait.

— Bref, je voulais vous demander si vous aviez aperçu le couteau qui m'intéresse ce jour-là... Observez-le bien. Il lui tendait la photo sous le nez. Il est spécial, ce couteau... Le manche est gravé d'un cercle et d'une étoile en son centre. Ça ne vous dit rien ?

Rhonda hocha la tête et sentit une angoisse commencer à l'envahir. Antonin Belko était tout sauf un vieux garçon inoffensif. Que savait-il exactement ?

— Une étoile et un cercle, c'est assez commun comme symbole, ça va du pentagramme ésotérique au délire new age, autant dire que n'importe qui peut s'y retrouver. (En prononçant ces mots, Belko avait progressivement effacé le sourire niais qu'il arborait depuis le début de leur entretien pour un visage plus dur.) Mais pas moi... j'ai fait quelques recherches supplémentaires et je suis tombé sur une autre représentation. Un soleil dans un rond, un symbole visiblement d'origine kurde...

Rhonda blêmit. L'angoisse se transforma en une douleur qui lui contractait la poitrine.

— Dites-moi, ce n'est pas votre commandant qui est kurde ?

12

La pluie tombait à grosses gouttes sur le capot de la voiture banalisée dans laquelle Francky, Dino et Tomar attendaient depuis le début de l'après-midi. Tomar regarda sa montre : 17 h 30. Les allées désertes de la cité HLM Curial Cambrai allaient bientôt se remplir d'un flot de résidents rentrant du travail d'un pas rapide, rasant les murs pour rejoindre leurs petits appartements nichés dans l'une des hautes tours de béton. Dix-huit barres d'immeubles formaient un réseau dans lequel vivaient dix mille personnes. Deux écoles, un centre culturel et une dérisoire poignée de vigiles payés par l'office des HLM pour sécuriser la plus grande cité intra-muros, localisée dans le XIXe arrondissement de Paris. Dans les années 2000, ce petit havre de paix s'était fait connaître pour une série de rackets ultraviolents dont les victimes terminaient torturées dans les caves et amputées de leurs doigts. Ajoutez à ça une guerre quasi permanente avec les dealers de la cité des Flandres voisine et l'agression mortelle d'un adolescent poignardé à la sortie de l'école, et vous obtenez le tableau d'un quartier présenté par la presse comme le plus infréquentable de la capitale. Malgré de lourds investissements pour réhabiliter et revitaliser l'ensemble, la cité restait sous surveillance et abritait encore quelques mauvaises graines bien connues des services de police. Pourtant, Tomar savait que la majorité des habitants essayaient juste de vivre normalement en surmontant les difficultés du quotidien. C'était le lot de tous les quartiers HLM de la couronne parisienne de se retrouver pris en otage par une minorité de petits délinquants, et les choses ne risquaient pas d'évoluer vu comment les politiques se désintéressaient du problème.

— Quand est-ce qu'il va rentrer, ce con ? lâcha Francky en scrutant les environs avec ses yeux d'aigle.

Dino leur avait fait le topo rapidement : les mecs des Stups étaient tombés sur un petit dealer torturé à mort dans un box abandonné. Même genre de sévices que pour Assan, avec en prime des tonnes d'ADN concordant. Toujours pas d'identité à mettre en face, mais il y avait des rumeurs de vidéo prise par un client du dealer qui traînait dans les parages. Une vidéo qui permettrait peut-être d'identifier le tortionnaire d'Assan et de leur donner un sérieux coup de pouce dans l'enquête. Impossible de trouver les images sur le Net, mais ils avaient réussi à tracer le portable du suspect jusqu'ici. Le gamin, un certain Reda Khamili, était inscrit comme consommateur occasionnel de produits stupéfiants. Il n'avait sans doute aucun rapport avec le crime, mais il avait vu quelque chose de suffisamment intrigant pour sortir son portable. C'était toujours ça de pris pour frimer avec les copains.

— C'est pas lui, là ? questionna Dino en hochant la tête vers le rétroviseur.

Tomar se retourna pour regarder par la plage arrière et observa la silhouette d'un garçon d'une vingtaine d'années, capuche vissée sur le crâne, regard perdu dans le bitume.

— Ouais, c'est lui, confirma Francky avec assurance.

Tomar savait qu'il pouvait lui faire confiance. Dans ses jeunes années, Francky avait pas mal tourné avec les équipes de la BAC et développé un sixième sens pour repérer un crâne – comprendre, un suspect au milieu de la foule.

— Je m'en occupe, dit Tomar en posant la main sur la poignée de la porte.

Il glissa hors du véhicule et traversa la rue Curial pour monter sur le trottoir. La résidence était ceinturée de grilles blanches et l'entrée se faisait par un porche étroit à quelques mètres devant lui. Sur sa droite s'élevait une immense tour à la façade percée de baies vitrées disposées en motifs géométriques. Le froid mordant de ce mois de janvier tenait éloignés les curieux de leur balcon, et Tomar avait bon espoir que l'interpellation se déroule sans trop de spectateurs. Il sentit le gamin se rapprocher dans son dos et ralentit le pas en feignant de chercher quelque chose dans les poches de son bombers. Après un rapide coup d'œil pour évaluer la distance qui le séparait de sa cible, Tomar se prépara à lui faire face. Ensuite tout irait très vite, il contrôlerait son identité et si c'était bien lui, il le ramènerait à la voiture pour une audition rapide et la saisie du portable où devaient se trouver les images. Trois mètres, deux mètres, sa proie fixait toujours le sol, le visage masqué par la capuche cerclée de fourrure synthétique. Tomar pivota d'un coup pour se retrouver de face et dressa son imposante silhouette entre lui et la porte d'entrée.

— Reda Khamili ? demanda-t-il d'une voix grave.

Le gamin avait stoppé net et passa une main sous sa capuche pour retirer des écouteurs d'où s'échappaient quelques répliques d'un rap énervé. Il redressa lentement la tête vers Tomar et son visage apparut à la lumière déclinante de cette fin de journée hivernale. Tomar sentit un éclair de douleur lui contracter les omoplates et se nicher derrière ses tympans. À la place de ce qui aurait dû être le visage d'un jeune homme, il regardait les traits déformés d'un cadavre à la peau grise et aux yeux voilés d'un hâle blanchâtre. À la base du front, une profonde incision remontait entre les sourcils pour disparaître sous la capuche et formait un sillon de chair morte d'où émergeaient par endroits des éclats d'ossements.

La chose bougea ses lèvres charnues d'un rouge violacé pour prononcer des mots que Tomar ne put entendre. Quelque chose s'était passé autour de lui. Le monde avait perdu une partie de sa couleur pour ne laisser subsister que des nuances de gris. La rue, le trottoir, les tours, le ciel, tout était terne et délavé. Tomar éprouva un sentiment d'engourdissement à l'arrière du crâne et se sentit comme entouré de coton, alors que les sons de la rue disparaissaient pour laisser place à une sorte de torpeur silencieuse et apaisante. Une chaleur étrange se diffusait dans le haut de son corps, se concentrant en un point de pulsation entre ses yeux et lui donnait l'impression qu'il allait sombrer dans un profond sommeil. Le cadavre d'Assan fit alors volte-face et il le vit partir en sens inverse d'un pas étrangement lent malgré la posture de son corps en pleine course. Tomar mit quelques secondes à comprendre que l'univers entier tournait au ralenti autour de lui. Était-il en train de perdre la tête ? Allait-il faire un malaise et s'écrouler sur le bitume ? Sur le trottoir d'en face, Francky avait ouvert la portière et courait vers le jeune homme en hurlant quelque chose d'incompréhensible. Il y eut à nouveau un éclair de douleur et une symphonie de sons lui agressa les tympans alors que la couleur s'infiltrait dans son champ de vision. La sensation cotonneuse laissa place à une migraine atroce, l'obligeant à baisser le regard malgré le peu de lumière qui filtrait entre les nuages.

De l'autre côté de la rue, Francky avait intercepté le jeune Reda et se faisait copieusement insulter alors qu'il le ramenait vers la voiture. Dino se trouvait à quelques mètres de Tomar et le fixait avec inquiétude.

— Ça va, boss ? dit-il d'une voix hésitante. Qu'est-ce qui se passe ?

Tomar leva un bras, incapable de répondre. Le monde avait repris ses couleurs et le temps son cours, pourtant il savait que quelque chose s'était brisé en lui.

13

Après l'incident de la rue Curial, Tomar avait décidé de rentrer chez lui pour s'affaler dans son canapé. Malgré les comprimés, sa migraine ne l'avait pas quitté de la soirée et il s'était couché dans le noir avec un gant de toilette imbibé d'eau fraîche sur les paupières pour essayer d'apaiser la douleur et de trouver le sommeil. Pour la première fois depuis des mois, il avait passé une nuit sans cauchemars et s'était même fait surprendre par la sonnerie du réveil. Son portable indiquait plusieurs messages en absence de Rhonda ainsi qu'une alerte avec le nom : *Benoît Mathis 08 : 30.*

Tomar avait complètement oublié son rendez-vous hebdomadaire avec le psy. D'ailleurs il se demandait bien comment il en était arrivé à accepter la proposition du mari de son ex : aller courir ensemble une fois par semaine et en profiter pour explorer les angoisses de Tomar. Mathis lui avait vendu ces petites escapades matinales comme un moment d'échange privilégié, mais Tomar en imaginait très bien la véritable raison. Le bon docteur Mathis souhaitait avant tout s'assurer qu'il ne reviendrait pas jouer les trouble-fête dans son mariage. Et on ne pouvait pas lui en vouloir quand on voyait comment Tomar avait eu du mal à gérer ses débordements affectifs l'année précédente. Pourtant les choses n'étaient plus les mêmes. Aujourd'hui, Tomar ne ressentait plus rien pour son ex-femme. Il aurait très bien pu couper les ponts, mais ses entrevues avec Mathis lui procuraient une sensation de bien-être qu'il ne s'expliquait pas lui-même.

Tomar s'habilla rapidement, passa un coup de téléphone rassurant à Rhonda et dévala l'escalier de service de son immeuble pour se rendre à sa moto abandonnée la veille sur un trottoir de la rue Bernard-Lecache. En quelques minutes, il remonta l'avenue de Paris, passa devant l'hôpital militaire Bégin et se retrouva garé en face des murs gris du château de Vincennes. Mathis arrivait généralement à vélo depuis son appartement du centre de Paris. Il était facile à repérer, avec sa tenue de joggeur à bande fluo et son casque de trial vissé sur le crâne. Tomar lui fit un geste de la main et vint le rejoindre à petites foulées. Cette dernière semaine de janvier était encore bien froide et ils avaient, tous les deux, hâte de commencer leur footing pour se réchauffer. Leur parcours habituel les faisait passer le long des douves du château, puis arriver au niveau du parc floral où ils prenaient un long chemin piétonnier et rentraient dans le bois jusqu'à rejoindre le lac des Minimes. Un circuit d'une petite dizaine de kilomètres au total que Tomar réalisait sans effort, mais qui était un tout autre challenge pour le docteur Mathis. Au début de leurs entrevues, ils étaient obligés de s'arrêter tous les kilomètres pour qu'il puisse reprendre son souffle. Aujourd'hui, il parcourait le trajet presque sans interruption. Preuve que le corps humain s'adaptait à toutes les contraintes avec un peu de volonté et d'assiduité.

C'est lors de leur retour vers le centre-ville qu'ils discutaient des préoccupations de Tomar dans sa vie quotidienne de flic. Mathis lui avait appris à mieux gérer ses émotions, notamment sa colère dans certaines circonstances. Ce petit échange de bon procédé durait depuis six mois sans qu'aucun des deux ne le remette en question ouvertement. Mais ce matin était différent des autres. Tomar avait fait une sorte de crise hallucinatoire en plein jour et pendant une interpellation. Ça signifiait forcément quelque chose, et Mathis était certainement la bonne personne pour l'aider à comprendre.

— Vous dites que vos sens ont été altérés ? questionna Mathis en essuyant les verres de ses lunettes rondes avant de les reposer sur le bout de son nez.

— J'avais surtout l'impression de tomber… mais pas comme une vraie chute. Tout était au ralenti. J'ai d'abord perdu les couleurs, puis le son… et après j'ai senti un vertige.

— Et la crise a commencé par la vision d'un cadavre. Comme dans vos cauchemars.

— Oui, mais ce n'était pas le même…

Tomar lui avait plusieurs fois parlé de ses nuits en compagnie de Bob sans pour autant lui révéler son identité réelle.

— Et vous êtes allé à l'hôpital ?

— Non… après quelques minutes tout est redevenu normal. À part la migraine…

— Vous devriez consulter rapidement, Tomar. Je ne suis pas neurologue, mais ce genre de malaise… avec en plus des céphalées violentes…

— Vous pensez à quoi ? Un AVC ? J'ai le cœur bien accroché, doc.

— Ça n'a rien à voir avec votre condition physique. Il y a beaucoup de déficiences susceptibles de créer ce genre d'événement. Est-ce qu'il y a des maladies neurologiques dans votre famille ? Votre mère, votre père peut-être ?

Tomar ressentit soudain la douleur électrique d'une crampe lui saisir le mollet. Comment n'y avait-il pas pensé ? Son père était une bête qui leur avait fait vivre l'enfer jusqu'à ce que Tomar y mette un terme. Il avait marqué sa vie et son destin d'une pierre noire qu'il était condamné à porter sur ses épaules. Se pouvait-il qu'il l'ait aussi gravée dans sa chair jusqu'à lui transmettre ses tares au plus profond de son ADN ?

— Vous savez, Tomar, ce type d'événement marque souvent une étape. Notre corps et notre esprit nous envoient des messages en utilisant la douleur pour nous réveiller.

— Quel genre de message ?

— Il est temps de prendre soin de vous.

Ils avaient parcouru le chemin qui les séparait du château de Vincennes et se trouvaient à quelques centaines de mètres du terre-plein où le docteur Mathis avait accroché son VTT.

— Je vais vous donner les coordonnées d'un ami neurologue. Vous pouvez lui faire confiance…, dit-il en fouillant dans une besace pour sortir les clés de son cadenas.

— Merci, répondit Tomar d'une voix éteinte.

Il se sentait vide, non pas d'énergie, mais d'âme. Comme si les paroles de Mathis l'avaient renvoyé au bord d'un abîme s'étendant là, juste sous ses pieds.

« Il est temps de prendre soin de vous. »

Tomar n'avait pas la moindre idée de comment faire.

14

Après être passé chez lui pour prendre une douche et récupérer ses affaires, Tomar avait fait un détour par la banlieue nord avant de retourner dans le centre de la capitale. L'air frais du matin s'était un peu radouci pour laisser place à une bruine qui imbibait la toile de son bombers et lui glaçait les os jusqu'à la moelle. Il avait garé sa Triumph dans une petite allée résidentielle de la ville de Stains, au bout de laquelle se dressait une barre d'immeubles qui n'avait rien à envier à celle de la cité Curial Cambrai. À quelques mètres de là, il avait rejoint une haie à la végétation encore bien dense malgré la saison, retiré le cadenas qui faisait office de verrou et passé le portail grillagé pour pénétrer dans le jardin aux herbes hautes encadrées de murets en béton. Les ronces et les orties continuaient de proliférer et rendraient bientôt impraticable l'accès à ce lieu de pèlerinage oublié de tous. Face à lui se dressaient l'immense cerisier aux branches dégarnies et la maison avec ses murs gris et son toit de tuiles rouges. Tomar leva la tête, la moindre parcelle de ce jardin lui rappelait ses cauchemars et la course effrénée du gamin dans le labyrinthe pour échapper à la bête. À côté du tronc noueux et couvert de lierre, on distinguait à peine le manche d'une bêche qu'il saisit fermement. Il souleva l'outil et entreprit de retourner la terre autour du cerisier pour le débarrasser des orties et aplanir le terrain en poussant un amas de feuilles mortes et de noyaux pourris qui s'entassaient en couches épaisses. Tomar avait commencé ce rituel après sa dernière enquête. Ce lieu était bien plus qu'une terre de cauchemar, c'était le mausolée où reposait le cadavre de son père, et il avait compris qu'il ne servait à rien d'essayer de le camoufler sous l'humus tout comme il l'avait enfoui dans sa mémoire. Ses footings avec Mathis lui avaient appris que le passé ne peut être occulté et que c'est dans sa compréhension que réside la base d'un avenir meilleur. Alors Tomar venait de temps à autre entretenir le cerisier et débarrasser ses branches du lierre qui tentait de l'étouffer. Sa besogne terminée, il déposa la bêche sur le côté et contempla le carré de terre vierge qui s'étendait au pied de l'arbre. Moins d'un mètre en dessous se trouvaient les restes de l'homme qui avait transformé son enfance et sa vie en enfer, le forçant à commettre l'impardonnable. Tomar se souvenait des récits mythologiques, du Minotaure, fils de la bête, contraint d'errer dans les couloirs du labyrinthe et de se repaître de chair humaine, mais aussi d'Œdipe, le parricide, maudit par les dieux, condamné à accomplir son funeste destin. Tomar s'était trop longtemps satisfait de cette malédiction. Il avait tué pour se défendre, il avait tué pour protéger sa mère et son jeune frère. Il était responsable, mais le poids de ce parricide était devenu une charge trop lourde à porter. Sa dépendance au sport, sa carrière dans la police, ses rapports complexes avec les femmes et ses nuits sans sommeil, il avait tout sacrifié à cet homme en lui prenant la vie. Aujourd'hui, il était temps qu'il se pardonne pour pouvoir continuer et construire un avenir qui ne le ramènerait pas en boucle dans ce jardin abandonné. Un éclair de douleur le fit grimacer, sa crampe au mollet s'était transformée en courbature et lui rappelait les mots du docteur Mathis. Son père était une bête fauve dont l'autorité s'exerçait avec les poings. Dès sa naissance, Tomar avait appris à le craindre avant d'apprendre à l'aimer, et il ne savait finalement rien de lui. Se pouvait-il qu'il ait été malade ? Cette idée lui donnait envie de vomir, car elle transformait le bourreau en victime. Mais si c'était vrai ? Et si Tomar, lui aussi, avait cette maladie ?

Sans même s'en rendre compte, Tomar s'était penché pour gratter la terre de ses mains. Il regarda ses ongles noirs de boue et se rappela son cauchemar et le crâne aux orbites vides qu'il avait déterré. Bob ne s'était pas trompé, comment le pourrait-il d'ailleurs puisqu'il n'était qu'une émanation de son inconscient ? Les choses allaient changer, Tomar le savait depuis quelque temps, et il espérait que ces changements le mèneraient vers la lumière.

15

— C'est pas Coppola, le mec…

La voix rauque de Francky rompit le silence d'église qui régnait dans le bureau, alors qu'ils regardaient tous attentivement une vidéo sur l'écran de Dino. On y apercevait un hall d'immeuble impersonnel et un homme d'une corpulence imposante, le dos appuyé contre un mur. L'image était nette, mais très mal cadrée et surtout entrecoupée de passages ridicules durant lesquels Reda Khamili, la petite frappe de la cité Cambrai, tournait l'appareil vers lui et improvisait un rap en tirant à grosses lattes sur un énorme joint. De temps en temps, l'objectif revenait vers l'homme, et ils réussirent à apercevoir son visage lorsqu'il se rapprocha de Reda pour lui lancer un sonore « Ta gueule ». Il avait un cou de taureau, des traits grossiers et des cheveux bruns rasés sur les tempes. Les rimes énervées de Reda stoppèrent aussitôt, et il pencha l'objectif vers sa bouche pour chuchoter un très élégant « ta mère la pute ». Il y eut alors comme des bruits de lutte et l'image se mit à bouger frénétiquement. On aurait pu croire que Reda était en train de se faire tabasser par le dealer, mais lorsque le cadre se fixa enfin, ils comprirent qu'il avait en réalité détalé pour se mettre à l'abri de quelque chose. Il se trouvait maintenant à une vingtaine de mètres de l'entrée de l'immeuble et la silhouette du dealer était allongée sur le sol, inerte. Un homme en treillis militaire portant un sweat à capuche noire se tenait penché au-dessus de lui et le frappait au visage. « Oh, putain l'enculé ! » lâcha Reda en entamant un zoom maladroit, faisant sursauter l'image en un flot saccadé et incompréhensible de couleurs et de formes. Dino appuya soudain sur la touche Espace de son clavier et stoppa la vidéo.

— Voilà, c'est là, dit-il en montrant l'écran du doigt.

L'afflux épileptique de matière s'était figé sur une scène difficilement lisible au premier regard. Il ne s'agissait pas d'une mise au point sur le combat, mais d'un reflet capté dans le miroir qui longeait un des murs du hall. On y apercevait clairement la silhouette dressée au-dessus du dealer. Elle portait des gants noirs dont les phalanges étaient protégées par une coque sombre. Tomar pensa aux mitaines d'intervention de la BRI, spécialement conçues pour briser des vitres et des mâchoires. La capuche laissait dépasser un visage entièrement cagoulé.

— Un putain de ninja, commenta Francky. L'autre connard devait bien peser dans les cent kilos.

— Renko Dibra, un Albanais connu de nos collègues des Stups. C'est lui qu'on a retrouvé dans la cave quelques heures plus tard, avec l'ADN du mec qu'on cherche un peu partout, précisa Dino.

— Et ça lui a pris combien de temps pour l'étendre ? Dix secondes ? C'est Mike Tyson, ce type !

Dino relança la vidéo qui prit fin lorsque Reda s'engouffra dans une cage d'escalier pour grimper se mettre à l'abri dans les étages.

Tomar fixait l'écran sur lequel était affichée une capture de leur fantôme.

— D'après l'échelle, il ne devait pas mesurer plus d'un mètre soixante-dix, et il n'était pas armé.

Tomar savait que le poids et la corpulence ne signifiaient rien. Un combattant bien affûté compensait par la vitesse et la précision, et pouvait se débarrasser d'adversaires imposants. Mais il n'était pas donné à tout le monde d'avoir le cran de se risquer dans un tel engagement, et surtout de le gagner aussi facilement.

— On a cuisiné le petit Reda, visiblement Renko lui fournissait son shit occasionnellement. Il ne sait rien de plus, il était là par hasard. J'ai vérifié avec les Stups, ils n'ont rien sur lui, et il n'est pas connecté aux Albanais, précisa Dino en lançant une impression de la capture d'écran.

— Et qui a vu cette vidéo ? questionna Tomar.

— Tu veux dire à part toute la cité ? plaisanta Francky. En tout cas, j'ai vérifié l'autopsie de l'Albanais… ça ressemble beaucoup aux lésions constatées sur notre Assan et l'ADN matche effectivement à cent pour cent.

Dino s'était penché sous son bureau pour récupérer trois impressions qu'il tendit à ses camarades. Rhonda prit la sienne et fixa la silhouette noire.

— Vous avez remarqué que c'est la même manière d'opérer ? Il met sa victime K-O avant de la traîner dans la cave pour la torturer, dit-elle d'un air absent.

— Pourquoi tu dis ça ? questionna Francky.

— Parce que Bouvier a parlé de trauma crânien antérieur à la séance de torture. Comme s'il y avait eu bagarre.

— Les victimes n'allaient quand même pas y descendre toute seules, dans leur cave.

— Oui, mais il aurait pu les menacer avec une arme, ou les neutraliser de manière moins frontale, non ?

Tomar l'observait avec un sourire intérieur. Rhonda avait souvent une vision décalée et des opinions bien à elle. Lorsqu'il l'avait recrutée, il avait tout de suite senti à quel point elle pouvait être précieuse pour le groupe. Le travail d'enquête ressemblait à la photographie. On avait tous le même sujet et le même matériel, mais en fonction du point de vue de chacun, on pouvait obtenir des résultats très différents.

— Tu penses à quoi ? questionna-t-il.

— On dirait qu'il aime ça… leur casser la gueule, répondit-elle d'une voix hésitante.

— Alors il va être servi, parce que le Renko Dibra, il a des amis…, coupa Dino. D'après les infos que j'ai récupérées, c'était le soldat d'une sorte de clan sous les ordres d'un certain Yuri Baric…

Dino leur tendit une fiche d'identification sur laquelle était agrafé le portrait d'un homme au visage sec, à la barbe noire taillée en pointe et au crâne rasé.

— OK, alors on va orienter l'enquête de ce côté-là. Dino, tu t'occupes de récupérer un maximum d'informations auprès des Stups sur les Albanais.

Avec le petit clip vidéo de l'attaque, Tomar savait qu'une horloge invisible s'était enclenchée. Yuri n'avait pas la tête d'un gars à apprécier qu'on supprime ses hommes en les torturant. S'ils ne voulaient pas se retrouver avec une avalanche de cadavres sur les bras, il allait falloir dénicher leur fantôme rapidement…

16

Reda était sorti des locaux du 36 après vingt-quatre heures de garde à vue. On l'avait harcelé de questions sur Renko, mais il ne connaissait pas ce mec. C'était juste un connard qui lui vendait sa *weed*. Cinquante euros le pochon, ça valait le coup de se déplacer en banlieue, « y a pas de petites économies », comme disait toujours son daron. Cette journée avec les cadors de la Crim, il l'avait vécue comme une visite à Disneyland. C'était pas tous les lascars de sa cité qui se retrouvaient face aux experts. Un privilège réservé à la race des vrais caïds, dont il ne faisait pas partie. Reda était simplement un gamin en manque de repères passant ses journées entre recherche de petits boulots, session de PS4 et pompage de joints intensif. Alors il était un peu fier d'avoir vécu cette expérience sans desserrer les mâchoires. Les condés ne lui avaient pas arraché un mot, il se sentait comme Al Pacino dans *Scarface : « You die, motherfucker ! »* Il avançait d'un pas assuré le long du pont Saint-Michel pour s'engouffrer dans le RER et rejoindre sa cité. On lui avait rendu son portable et ses écouteurs, mais les flics avaient supprimé sa vidéo qui allait servir de pièce à conviction. La grosse classe à Dallas !

Il croisa deux touristes japonaises en jupe plissée et collants de laine et se dit qu'il se ferait bien un plan à trois pour fêter ça. La vie sexuelle de Reda se résumait à une relation stable et ininterrompue avec YouPorn depuis sa puberté, mais ça ne l'empêchait pas de rêver. *« When you get the money, you get the power. And when you get the power, you get the women ! »* Al avait bien raison… Bon, le souci c'est que Reda n'avait ni l'argent ni le pouvoir, mais ça ne l'empêchait pas de mater les cuisses des deux Japs.

Il y eut un crissement de pneus dans la rue juste à côté de lui et il aperçut la carrosserie noire d'un Qashqai aux vitres teintées s'arrêter. La porte arrière s'ouvrit brusquement pour laisser passer la silhouette d'un colosse au visage patibulaire. L'homme portait une parka blanche molletonnée trop petite pour lui qui semblait sur le point d'exploser. Il avait les tempes rasées et un épi de cheveux décolorés au sommet du crâne. Reda se dit que ce mec ressemblait au boss final de Farcry 4, une sorte de gros narcotrafiquant qu'il avait dessoudé à coup de lance-flammes avec le *pad* de sa manette. Puis il comprit qu'il se dirigeait vers lui et le reliquat d'érection de son hypothétique gang bang asiatique retomba comme un soufflé. Il hésita quelques secondes à prendre ses jambes à son cou, mais elles tremblaient tellement qu'il ne réussit qu'à parcourir quelques mètres avant que le mastodonte décoloré n'arrive jusqu'à lui.

— Reda Khamili ? interrogea le colosse avec une voix de Terminator à vous glacer le sang.

— Non, c'est pas moi..., murmura-t-il en rentrant la tête dans les épaules.

— Toi, tu t'appelles comment ?

— Tony Montana...

Reda ne savait pas pourquoi il avait dit ça. Le golgoth n'avait pas vraiment une tête à aimer les blagues.

— Tu te fous de ma gueule, connard ?

C'était confirmé. Il n'aimait pas les blagues.

Reda eut à peine le temps de pousser un petit gémissement que les deux énormes paluches du géant lui saisirent un bras pour l'entraîner vers la voiture. Il tenta de s'accrocher au garde-corps métallique de la chaussée, mais l'homme augmenta sa pression et une douleur intense à l'épaule le força à lâcher prise.

— Putain ta mère, lâche-moi ! brailla-t-il, désespéré.

Les deux jeunes Japonaises se retournèrent simultanément et lui lancèrent un regard de biches apeurées. Il était en train de se faire enlever, là, en plein centre de Paname et au pied du bastion des condés, et personne n'en avait rien à foutre !

Le colosse lui plaqua une main sur la nuque et serra comme un étau pour le forcer à baisser la tête en entrant dans le Qashquai. Il se retrouva assis à l'arrière, collé contre un autre mastodonte du même genre qui le dévisageait en souriant. C'est alors qu'il sentit la douleur dans son bras et comprit qu'il ne pouvait plus le bouger.

— Putain, mais tu m'as déboîté l'épaule, connard ! vociféra-t-il à l'intention de l'homme qui fermait la portière en rejoignant sa place.

— C'est toi, Reda ? interrogea une voix grave provenant du siège passager à l'avant.

Reda leva les yeux et aperçut un visage sec rongé par une épaisse barbe noire. Il se dit qu'il avait déjà vu cet homme en photo, agrafée sur un dossier d'un des flics du 36.

— Ouais ? Qu'est-ce que vous me voulez ?

La douleur pulsait dans son épaule, allumant un feu d'adrénaline qui lui donnait le courage d'affronter le regard sombre de l'homme malgré la peur.

— Tu le sauras bientôt, répondit le barbu en se penchant pour prendre un objet dans la boîte à gants.

Reda eut tout juste le temps d'apercevoir les crochets luisants d'un taser avant qu'ils ne se posent dans son cou en libérant une décharge de neuf cent mille volts. Il y eut comme une explosion de lumière blanche. *« Say good night to the bad guy »*, dit la voix de Tony Montana dans son crâne avant qu'il perde connaissance.

17

D'abord un léger picotement, comme la pointe d'une aiguille posée sur la peau. Puis une démangeaison de plus en plus forte se transformant peu à peu en brûlure. Reda essaya de se redresser pour masser son épaule endolorie, mais il était incapable de bouger son bras valide et ses efforts se soldèrent par une douleur encore plus intense et un cliquetis métallique au niveau du poignet.

Il lutta pour ouvrir les yeux, mais ses paupières étaient tellement lourdes qu'il dut forcer sur son nerf optique pour réussir à sortir de l'obscurité. Il se trouvait dans une salle de bains lugubre. Un vieux carrelage verdâtre recouvrait les murs et le plafond, lui donnant l'impression d'être enfermé dans une boîte. Il était visiblement maintenu en position verticale par une chaîne reliant un crochet à son bras gauche. Son regard se dirigea vers le sol où on avait disposé une bâche transparente de chantier, recouverte d'une flaque de liquide écarlate. Du sang, beaucoup de sang qu'il sentait maintenant couler le long de son corps pour se répandre sur le plancher.

D'où pouvait provenir tout ce sang ? Reda lutta pour redresser la tête avec la sensation d'avoir une tonne de pression sur les cervicales. Il y avait un petit évier sur le mur en face de lui dans lequel se trouvait une longue machette à la lame souillée de sang coagulé. Dans le flou cotonneux de son cerveau, Reda pensa à une scène de *Dead Island* dans laquelle il avait utilisé ce genre d'arme pour se frayer un chemin parmi une horde de zombies. Et puis il monta encore un peu la tête pour regarder dans le miroir posé au-dessus de l'évier. Les images apaisantes de ses jeux vidéo s'effacèrent face à l'horreur de la réalité. Il était bien accroché au plafond par une chaîne. Il était nu, tout le côté de son corps couvert de sang. Et là où aurait dû se trouver son bras droit, il n'y avait plus rien. Reda ferma les paupières pour chasser cette image cauchemardesque de mutilation, mais dut se résoudre à fournir le double d'effort pour vérifier qu'il était bien en train d'halluciner. *Ces connards m'ont shooté avec un truc de ouf*, pensa-t-il en ouvrant les paupières au prix d'une violente migraine. Mais la vision d'horreur était toujours là. Il était accroché comme un quartier de viande et on lui avait coupé le bras juste au-dessous du niveau de l'épaule. Son moignon pendait dans le vide et un flot continu de sang s'échappait de ses artères, réchauffant sa peau en coulant le long de son flanc. Il sentit une explosion quelque part dans son crâne et la migraine se transforma en un supplice qui lui donna immédiatement envie de vomir. Reda tenta de hurler, mais ses lèvres restèrent immobiles et il ne réussit qu'à gémir un petit cri strident. C'est à ce moment-là que la porte de la salle de bains s'ouvrit et que le barbu fit son apparition. Il portait par-dessus sa chemise noire un tablier de boucher ensanglanté. Une paire de lunettes de protection, dans le genre de celles qu'utilisent les peintres dans le bâtiment, était posée sur son front.

— T'es réveillé, dit-il d'un ton détendu. Tu as perdu beaucoup de sang, c'est normal que tu sois stone.

L'homme sourit à pleines dents avant de se pencher pour ouvrir un sac en toile noire se trouvant au pied de l'évier. Reda fit un effort surhumain pour distinguer l'intérieur du sac : plusieurs énormes bidons en plastique blanc avec des étiquettes colorées. Le barbu descendit les lunettes de protection sur ses yeux, enfila une paire de gants Mapa roses avant de faire glisser le bouchon d'un des bidons et d'en vider le contenu dans un récipient qui devait se trouver dans le dos de Reda.

À nouveau il voulut hurler, mais ne réussit qu'à émettre un long gargouillis baveux.

— Pas facile de parler, hein... normal, on t'a bien chargé à l'héroïne pour la douleur. De toute façon, tu nous as déjà dit tout ce que tu sais...

L'homme attrapa un autre bidon, puis un troisième jusqu'à tous les vider puis il vint se placer face à Reda en s'appuyant contre l'évier.

— Y a un truc qui me fait bien marrer. T'as regardé la série *Breaking Bad* ? Non... Bon alors y a un épisode où Jesse veut dissoudre un corps dans l'acide fluorhydrique, tu vois de quoi je parle ?

Reda sentait un froid de plus en plus intense l'envahir alors que son sang continuait de couler sur le sol. Le barbu attrapa un bidon et le lui colla en face des yeux. Reda crut apercevoir un losange jaune vif au centre duquel était dessiné un crâne.

— L'acide fluorhydrique, c'est ça. Je viens d'en vider 100 litres dans la baignoire derrière toi, exactement comme Jesse dans la série. Sauf que ces cons de scénaristes ont imaginé que l'acide brûlait la baignoire et le plancher. Tu vois, le genre de scène où les gars se retrouvent un étage plus bas avec des têtes de burnes ? dit l'homme avec engouement.

Les choses se mélangeaient dans l'esprit de Reda à mesure que son cerveau fuyait la réalité pour le plonger dans une torpeur apaisante.

— Les mecs ont raison pour l'acide, en vingt-quatre heures je vais te transformer en savon, mais le reste, c'est du délire. C'est pas précis, c'est comme ta putain de vidéo, c'est flou… (Sa voix changea peu à peu alors qu'il se retournait vers l'évier pour saisir le manche de la machette.) Au fait, on ne s'est pas présentés… je m'appelle Yuri.

L'homme leva la longue lame et frappa d'un coup violent un mètre au-dessus de la tête de Reda. Il sentit comme une brûlure au niveau du poignet lorsque l'acier lui trancha la main et il s'affaissa d'un coup pour venir heurter le bord de la baignoire. « Bon bain », crut-il entendre avant que son esprit et son corps ne commencent à se dissoudre.

18

Pour la première fois depuis le début de l'hiver, Tomar s'était accordé une soirée tranquille avec Rhonda. Elle l'avait traîné à l'UGC des Halles pour aller voir *La La Land*, comédie musicale dont tout le monde parlait, et qui leur permettrait de se payer une tranche de soleil californien en cette fin de janvier glaciale. Tomar s'était laissé surprendre par l'histoire de ce petit couple en mal de reconnaissance dans leur quête de célébrité hollywoodienne et, pendant un moment, il avait oublié les turpitudes de sa vie de flic. Un menu sushis-brochettes plus tard, ils avaient rejoint la Triumph de Tomar pour rentrer se mettre au chaud dans le petit appartement de la place Clichy. Rhonda habitait un deux-pièces au troisième étage d'un immeuble haussmannien. Un salon dont la principale décoration était un immense écran de télévision posé à même le sol et quelques piles de DVD – Rhonda était une fan de films d'horreur bien sanguinolents –, deux grandes fenêtres donnant sur les néons colorés des magasins de la place, une cuisine américaine avec un plan de travail en bois clair, une minuscule chambre se résumant à un lit deux places, et une salle de bains au carrelage en mosaïque dans des tons rouge vif. Une boîte de quarante-cinq mètres carrés louée à prix d'or pour occuper les moments qu'elle ne consacrait pas à sa carrière de lieutenant de police. C'était le lot de tous les Parisiens dont les salaires étaient insuffisants pour acheter, c'est-à-dire quatre-vingts pour cent des gens vu les prix exorbitants pratiqués dans la capitale. Comme le disait Francky, on ne faisait pas ce métier pour devenir riche, et ça tombait plutôt bien, car on ne risquait pas de le devenir. Rhonda avait fouillé dans un placard à la recherche d'une bouteille de vin rouge. Ils avaient discuté en buvant quelques verres, et elle lui avait fait part de ses craintes concernant l'enquête de Belko et les sous-entendus qu'il avait lancés lors de leur entretien. Tomar l'avait rassurée. Ce genre de mec prêchait toujours le faux pour savoir le vrai, il n'avait probablement rien de concret contre Tomar, et leur meilleure défense était le silence. Pourtant, à la manière dont Rhonda le regardait, Tomar pouvait sentir que quelque chose ne collait pas. Il y avait comme une tension qui s'accumulait dans l'air et lui donnait la sensation d'un orage prêt à éclater.

— Ça va ? questionna-t-il l'air de rien en lui servant un nouveau verre de vin.

Rhonda lui lança un regard sombre avant de répondre.

— J'en ai un peu marre, en fait.

— Marre ?

— Je me rends compte que ça fait un an que j'angoisse pour cette histoire et si ça continue, je vais finir par passer des nuits aussi pourries que les tiennes.

Elle le fixait avec des yeux durs qu'il ne lui connaissait pas.

— Je ne regrette pas d'avoir récupéré ce couteau, c'est pas ce que je dis, mais faut vraiment qu'on arrête les conneries, Tomar…

« On arrête » – elle avait eu la délicatesse de ne pas lui faire porter le chapeau seul, mais Tomar savait bien que c'était de ça dont il était question. Depuis le début de leur relation, elle avait beaucoup donné sans recevoir grand-chose en retour. Ce genre de situation ne durerait pas éternellement.

— On va se sortir de cette merde, d'accord, prononça-t-il comme une profession de foi à défaut de savoir répondre autre chose.

— Je parle pas seulement de Belko… En général… tout tourne autour de tes problèmes. Moi aussi je suis là, j'ai mes angoisses, ça me ferait plaisir que tu en tiennes compte de temps en temps.

Tomar sentit quelque chose se contracter dans son estomac. Le vin commençait à lui brûler la gorge. Rhonda ne lui avait jamais parlé comme ça et il prenait conscience qu'elle avait raison. Entre le retour de Jeff et son embrouille avec Müller, ses « dossiers » l'accaparaient jusque dans ses cauchemars et il n'avait jamais pris le temps de s'occuper d'elle. Pourtant il l'aimait et il ne voulait pas la perdre, ça il en était sûr.

— Je suis désolé, dit-il en se rapprochant d'elle pour la prendre dans ses bras.

— T'as pas besoin d'être désolé. Je t'aime, je n'ai pas envie de te perdre, mais j'ai besoin d'exister aussi. Et c'est bien qu'on parle parfois... même si ce n'est pas ton fort.

Ils étaient restés quelque temps silencieux avant de se serrer dans les bras et de s'embrasser. Et puis le désir était monté d'un coup comme pour éloigner l'orage.

Tomar avait passé sa main sous sa chemise pour lui caresser la poitrine. Elle s'était levée et l'avait entraîné vers la cuisine en éteignant la lumière. Il l'avait déshabillée lentement, en commençant par le haut, avant de faire glisser son jean sur ses hanches et d'emporter au passage sa culotte. Elle avait fait de même, collant son corps au sien.

Les mains de Tomar avaient glissé vers ses fesses qu'il avait saisies fermement pour pouvoir les écarter. Au contact des plis de son intimité, il s'était aventuré un peu plus loin jusqu'à la pénétrer avec un doigt. Rhonda avait eu un spasme de plaisir en se serrant contre lui. Au bout de quelques minutes, Tomar était descendu entre ses jambes. Rhonda l'avait regardé agenouillé en dessous d'elle et avait senti la jouissance monter. Elle avait posé une main sur son épaule pour lui faire signe de se redresser. Ils s'étaient embrassés avant qu'elle se retourne en posant sa poitrine sur le plan de travail pour lui présenter ses fesses. Il l'avait pénétrée doucement, profitant de la sensation de chaleur intense qui émanait de son corps. Rhonda s'était cambrée au maximum et il avait accéléré la cadence en posant ses mains sur ses hanches. Une lumière tamisée filtrait par la fenêtre donnant sur la rue. Tomar apercevait les courbes de son amante totalement offerte. Ils avaient échangé quelques mots brûlants alors qu'il la prenait encore plus fort. Au bout de quelques minutes, Rhonda s'était tendue tout entière, et il s'était relâché pour jouir en même temps qu'elle. Puis ils étaient restés collés l'un contre l'autre sans un mot, profitant de ces quelques instants de bonheur.

19

Une vague odeur de café brûlé flottait dans l'air alors qu'Antonin Belko lavait soigneusement un mug en porcelaine blanche dans le petit lavabo des toilettes du cinquième étage. Il était accro au café depuis son entrée dans la police et les journées interminables passées dans les locaux vieillissants de la SRPJ lyonnaise. Ses longs doigts grattaient l'intérieur de la tasse pour détacher les dépôts incrustés sur les parois, sans doute suite à un passage un peu trop fréquent dans le micro-ondes de la cafétéria. Antonin Belko détestait le manque d'hygiène. Il se douchait deux fois par jour, se récurait les ongles et se lavait les dents après chaque repas et prenait bien garde de nettoyer la moindre surface avec laquelle il entrait en contact. Cette maniaquerie lui avait valu le surnom de « Monsieur Propre » lorsqu'il bossait à la section criminelle de Lyon et c'était devenu encore plus d'actualité depuis qu'il avait rejoint les rangs de l'inspection générale de la police nationale, héritière du corps des contrôleurs généraux créé sous la IIIe République, puis de l'IGS, les fameux bœuf-carottes des années 80. Antonin se souvenait très bien du discours de présentation qu'on lui avait fait à son entrée : « Vous êtes là pour éclaircir les faits, mener une enquête autour d'une infraction, apporter des preuves, pas pour juger des policiers… »

Des conneries. Après six ans d'activité durant lesquels il s'était occupé de plaintes allant du simple PV balancé au visage, jusqu'au vol, aux violences ou au trafic de stupéfiants, il savait que la police, comme tout corps de métier, comptait son lot de brebis galeuses ne méritant pas de porter l'uniforme. Ces flics-là, il ne les considérait pas comme ses collègues, et il était prêt à utiliser toutes les méthodes pour les écarter du troupeau, jusqu'à les abattre en leur retirant leur carte si nécessaire. Une petite croûte de café calciné se détacha du mug et vint se coller sous son ongle. Il déposa la tasse sur le côté et frotta longuement ses mains avec du savon avant de les rincer à l'eau tiède. Il était presque minuit, mais bon nombre de flics étaient encore présents dans les couloirs du 36, quai des Orfèvres.

Sur le chemin du retour, il croisa un homme en costume sombre froissé, le regard plongé vers le sol, puis il dépassa un bureau où deux officiers auditionnaient une femme au teint livide, sans doute une garde à vue. Antonin adorait son métier, il lui fournissait un cadre qui occupait tout l'espace disponible. Sa vie privée, il ne s'y était jamais intéressé. Sa famille et ses quelques amis vivaient à Lyon, et il faisait rarement l'effort de leur rendre visite. Antonin était un solitaire, heureux au milieu de ses dossiers. L'exercice des auditions, c'était autre chose : une partie d'échecs ou un *wargame*, une activité ludique qu'il adorait pratiquer depuis son plus jeune âge. Le but était de pousser l'autre à la faute, de l'emmener là où il ne voulait pas aller, et de s'engouffrer dans la moindre brèche pour le malmener, même à terre. Pour arriver à ce résultat, il n'hésitait pas à employer les grands moyens, dont celui particulièrement efficace de monter ses collègues les uns contre les autres. Après une volée de marches, Antonin s'engagea dans le long couloir mansardé distribuant les bureaux des procéduriers. Il s'installa derrière celui qu'on lui avait réservé et il décida de se plonger une nouvelle fois dans la lecture du dossier Müller. Un épais classeur rouge estampillé « Groupe Alvarez » contenait l'intégralité des éléments rassemblés sur cette enquête irrésolue datant de tout juste un an. On y apercevait la photo d'un cadavre au visage tuméfié dont la mâchoire pendait sur le côté. Robert Müller, violeur multirécidiviste et bien connu des services de police. Il avait été pris sur le fait et déféré auprès d'un juge par le commandant Tomar Khan en août 2015. Six mois plus tard, il était remis en liberté à cause d'un vice de procédure et il disparaissait des écrans radars. Jusqu'à ce qu'on le retrouve dans la forêt de Montmorency, battu à mort et abandonné sans vêtements en plein hiver. Il y avait aussi des photos du fameux couteau découvert dans le secteur. Un couteau qui s'était volatilisé depuis. Sur le manche en bois gravé, on avait relevé des empreintes qui ne correspondaient à rien dans le fichier FAED. Pas de témoins, pas d'ADN, Müller n'avait pas beaucoup d'amis, et l'enquête dans son entourage n'avait rien donné. Alvarez et ses hommes avaient fait du bon boulot et le dossier attendait, comme beaucoup d'affaires, qu'un élément nouveau permette d'avancer. Sauf que le couteau au manche gravé n'était plus là et qu'en fouillant dans la paperasse, Belko avait constaté une autre bizarrerie. Le relevé d'empreintes correspondant à l'arme n'était pas à sa place habituelle, c'est-à-dire accroché aux photos. Il s'en était étonné auprès de Bullac, le procédurier du groupe Alvarez, et celui-ci avait paru aussi surpris que lui. Il était certain de l'avoir consigné là, comme d'habitude. Antonin ne mettait pas en cause l'intégrité de cet homme, mais il ne croyait pas non plus au hasard. Et puis il y avait les rumeurs concernant le commandant Tomar Khan… Certes ses états de service étaient impressionnants, et on lui devait la résolution de bon nombre d'affaires, mais on parlait aussi de méthodes *borderline* et surtout d'un homme au passé difficile, obligé de canaliser sa violence par la pratique du sport à outrance. Belko détestait les sportifs, lui qui avait toujours eu un physique d'échalas maigrelet, il les voyait comme des animaux étranges et dangereux se galvanisant de leur surplus de muscles et de testostérone. En leur présence, il se sentait diminué, et il n'aimait pas ça. Heureusement, son statut d'inspecteur IGPN lui donnait maintenant un avantage certain. Tomar Khan était le prototype même du flic un peu trop burné dont il adorerait écraser les couilles.

Son regard vert se posa sur un formulaire officiel qu'il remplit d'une écriture élégante. Il comptait bien retrouver les empreintes manquantes et celui à qui elles appartenaient. Et il savait déjà la manière dont il allait s'y prendre.

20

D'abord de simples lueurs blanches planant dans l'abîme opaque de ses yeux clos. Puis une sensation d'humidité et de froid remontant le long de ses jambes.

Enfin l'odeur d'humus et d'herbe mouillée. Tomar savait où il se trouvait. Cette soirée de détente et d'amour n'avait pas réussi à fermer les portes de ses cauchemars. Il ouvrit les yeux lentement et aperçut l'épais rideau de branches voilant une partie du ciel nocturne. Il était allongé sur un tapis de feuilles mortes, ses vêtements imbibés d'eau glacée. Il connaissait bien cette forêt dont les chênes plantaient le décor de sa vie onirique depuis des mois, mais, ce soir, quelque chose d'inhabituel le mettait mal à l'aise. Quelque chose qu'il n'arrivait pas encore à définir précisément. Tomar se plia en deux et prit appui sur ses mains pour se redresser. Il sentit un frisson lui parcourir le corps alors qu'un courant d'air froid faisait bouger les branches des arbres. Devant lui se dressait une colline dont la pente légère l'empêchait d'apercevoir l'horizon. Il décida de grimper au sommet, peut-être que de là-haut, il verrait un panorama complet de son cauchemar. Il s'était toujours demandé si ses rêves ressemblaient à un parc d'attractions. Tout semblait bien réel, mais lorsqu'on prenait un chemin de traverse, on terminait devant une porte close menant à l'envers du décor. Pousser cette porte, c'était entrer dans les coulisses, gratter le vernis de la réalité et comprendre à quel point on avait déambulé dans un univers en carton-pâte. Mais bien peu de gens possédaient la clé de cette fameuse porte. Tomar força sur ses jambes pour gravir la pente qui lui sembla d'un coup beaucoup plus raide. Une douleur lui traversa les mollets comme s'il était au bout d'une longue et épuisante marche. Le cuir de ses bottes était alourdi d'eau et la boue formait de grosses plaques remontant sur le bas de son jean. Tout était si tangible, si vrai. Mathis lui avait expliqué la capacité de notre inconscient à créer l'illusion du réel en y enfouissant des éléments allégoriques ou symboliques pour communiquer avec notre conscience. Il se demandait ce qui pouvait bien se cacher derrière cette étendue végétale humide et glacée. Ce désert de pourriture organique que la lumière du soleil ne réchauffait jamais.

— On t'a déjà dit que tu te posais vraiment trop de questions, pépère ?

Comme d'habitude, la voix gutturale de Bob avait surgi de nulle part. Tomar se retourna machinalement, mais il n'était pas là. Le cadavre se trouvait juste devant lui, quelques mètres plus haut sur la colline. Il était assis en tailleur sur un petit tas de feuilles, tel un yogi apocalyptique.

— Tu as raison. J'ai pensé que je devrais me mettre au yoga. Il paraît que ça soulage ! dit Bob en s'esclaffant. Sans déconner, je te sens un peu tendu en ce moment, non ?

Tomar continua son chemin sans s'arrêter, ni même lui lancer le moindre regard.

— C'est dingue, cette manie de me faire la gueule.

Bob roula sur le côté et déplia son corps putréfié sur toute sa hauteur comme s'il cherchait à s'assouplir. Le bas de sa mâchoire virevolta et un jet de bave noirâtre lui coula sur le torse.

— Tu as quelque chose à me reprocher, c'est ça ? cracha-t-il en commençant lui aussi à gravir la colline.

Tomar força le pas pour mettre le plus de distance possible entre le monstre et lui, même s'il savait très bien que ça ne servait à rien.

Bob se trémoussa frénétiquement pour le rejoindre, entamant une marche rapide ridicule. Un de ses pieds accrocha une souche, et son genou se plia dans un angle contre nature sans même qu'il semble le remarquer.

— Un brin de course dans les bois. C'est ce genre de truc que tu fais avec le bon docteur ? lança-t-il en hochant la tête d'avant en arrière.

Tomar stoppa son avancée et se retourna vers le cadavre ambulant.

— Depuis quand tu t'intéresses à lui ?

— Depuis qu'il essaie de me faire disparaître... Tu crois que je n'ai pas compris votre petit jeu à tous les deux ? Une gentille course dans la forêt entre copains... mon cul !

Tomar observait Bob attentivement. C'était la première fois qu'il le voyait aussi en rogne.

— Tu me prends vraiment pour un con. J'te connais Tomar, t'irais pas courir avec le mec qui saute ton ex-femme pour rien…

Tomar lui décocha machinalement un crochet dans le bide. Il sentit la chair flasque, les os brisés, tout le pus et les viscères pourris qui stagnaient à l'intérieur. Bob se pencha en avant et vomit un peu de sang.

— Aha, touché, coco ! Alors c'est quoi votre plan ? Il te prend la tête toutes les semaines pour faire disparaître ce bon vieux Bob ?

— C'est exactement ça, répondit Tomar sur le ton du défi.

— Eh bah, bon courage ! Tu crois que tu peux te débarrasser de moi aussi facilement ? T'es un putain d'assassin, mon pote ! T'as tué ton père, tu m'as tué moi, et tu en tueras d'autres. T'es pas près de guérir. Pas comme ça.

— De quoi tu parles ? répondit Tomar en fixant les yeux laiteux de son croque-mitaine.

Bob se pencha en avant pour mettre ses mains sur ses genoux comme s'il reprenait son souffle.

— Ah voilà, on écoute ce bon vieux Bob ! On commence à comprendre !

— Comprendre quoi, bordel ? hurla Tomar en serrant les poings.

— Tu ne peux pas échapper à ta nature, coco. T'es un prédateur, toi aussi. T'es incapable de te retenir.

— Tu dis ça parce que tu as peur de disparaître.

— Non ! Je dis ça parce que j'en ai la preuve…

Il se tut soudainement. Et Tomar s'aperçut que Bob était en train de changer. Les contours de son corps devenaient lentement flous.

— Regarde tes mains, connard, dit le cadavre en pointant ce qui restait de son nez vers le bas.

Tomar leva ses deux mains face à lui et constata qu'elles étaient couvertes de sang.

— C'est le sang de qui, à ton avis ?

Bob n'était plus qu'une silhouette obscure à travers laquelle le paysage de la forêt commençait à apparaître en transparence. Tomar fixait le liquide coagulé sur ses ongles.

— Moi, je m'en vais, mais toi, tu restes, furent les dernières paroles de Bob avant de retourner au néant.

Et c'est alors que Tomar comprit pourquoi tout lui semblait inhabituel depuis le début. Il se pencha et ramassa une poignée d'humus qu'il frotta compulsivement contre ses mains pour en détacher le sang. Il n'était pas dans un rêve. Il était bien dans une forêt, quelque part. Tout ce qui l'entourait existait vraiment. Comment était-il arrivé là et surtout, à qui appartenait ce sang ?

21

Il lui fallut deux bonnes heures pour sortir de la forêt et retrouver sa moto garée sur le bas-côté d'une petite route départementale. Sa veste était posée sur le guidon avec, à l'intérieur, les clefs de son appartement, son téléphone portable et ses papiers. Son arme de service se trouvait dans le top case et ses clés sur le contact. Il avait abandonné toutes ses affaires en pleine nuit et au beau milieu de la campagne. 4 h 30 du matin… Tomar se souvenait pourtant bien de la soirée passée avec Rhonda. Le cinoche, le resto et leur étreinte passionnée dans la salle de bains. Ils s'étaient couchés vers 1 heure avant de sombrer rapidement dans le sommeil. Tomar avait donc dû se réveiller peu après et quitter l'appartement de la place Clichy pour rouler jusqu'ici. Et il avait fait ça dans un état comateux, sans en avoir conscience. Pourtant, il ne se souvenait pas avoir jamais eu de crise de somnambulisme et il lui paraissait incroyable de pouvoir conduire dans cet état.

Après quelques kilomètres sur la nationale, un panneau lui indiqua qu'il se trouvait à Montmorency, dans la forêt où il avait scellé le destin de Robert Müller. En moins de trente minutes, il rejoignit le périphérique parisien et rentra à son appartement de la porte de Vincennes. Il se précipita aussitôt sous une douche chaude pour faire disparaître la boue et la sensation de froid lui engourdissant les muscles. Le sang sur ses mains s'était volatilisé et il était incapable de dire ce qui tenait du rêve et de la réalité. Bob l'avait clairement mis en garde contre lui-même. Il ne pouvait se résoudre à écouter les mots de son croque-mitaine, pourtant il était obligé d'admettre que quelque chose était en train de se passer. D'abord, ses visions en plein jour et, maintenant, cette crise de somnambulisme. Tomar essayait de s'accrocher à la réalité, mais il se sentait sur une pente glissante au bout de laquelle se trouvait un abîme dans lequel il refusait de sombrer. Un abîme au fond duquel gisait le corps de son père, un homme violent, une bête malade dont il partageait le sang et la chair. Il serra les poings tellement fort qu'il sentit ses ongles lui rentrer dans la peau. C'est alors qu'il se rappela les mots de Bob. « C'est le sang de qui, à ton avis ? » Et ils se superposèrent subitement avec le visage de Rhonda. Et s'il lui avait fait du mal… Le sang sur les mains, le voyage nocturne, le sentiment de perte de repères, d'inconscience… Tout cela lui semblait familier, comme la déposition d'un tueur juste après son passage à l'acte. Tomar se souvenait de ce gamin, un garçon boucher de vingt et un ans, qu'il avait arrêté un hachoir à la main. Il venait de trancher la tête de sa petite amie. Il l'avait tranquillement posée sur la table basse du salon de leur appartement, avant de partir errer dans la rue, couvert de sang frais. Tomar entendait encore son discours incohérent, ses mots vides de sens, il lui avait fallu plusieurs heures pour prendre conscience de son geste et il lui faudrait une vie pour se pardonner.

L'angoisse monta en lui, comme un magma bouillonnant de mal-être, partant de son ventre pour remonter dans ses entrailles. Il coupa l'eau et rejoignit le salon sans prendre le temps de se sécher. Accroupi dans l'obscurité, il chercha son portable dans la poche intérieure de sa veste et composa frénétiquement le numéro de Rhonda, imagina son corps livide, baignant dans une mare de sang sur le matelas de la chambre. Il l'avait peut-être tuée comme il avait tué son père, en lui crevant le bide avec un couteau. Le téléphone sonna dans le vide et son répondeur se déclencha. Tomar raccrocha sans laisser de message et il composa à nouveau le numéro. L'angoisse s'était transformée en poids mort dans sa poitrine, menaçant de la faire exploser, l'empêchant de respirer. Rhonda, la femme qu'il aimait, la seule source de lumière dans ses ténèbres. La perdre, c'était perdre l'espoir et faire triompher Bob. Il y eut deux sonneries avant qu'elle ne décroche. À sa voix pâteuse, Tomar comprit qu'il venait de la réveiller d'un sommeil profond.

— Mais qu'est-ce que tu fous ? T'es parti, dit-elle, inquiète.

L'angoisse disparue, il aurait voulu lui hurler sa joie de l'entendre, son bonheur de la savoir vivante.

— Oui… Je vais passer à la boxe, ce matin, je n'ai pas osé te réveiller.

— OK… mais pourquoi tu m'appelles, alors ? Y a un souci ?

— Non… je t'aime…, avait-il dit sans masquer son émotion.

Et ils avaient raccroché sans prononcer un mot supplémentaire. Tomar eut le sentiment que quelqu'un, quelque part, lui laissait une chance. À lui de la saisir sans se voiler la face…

22

« Assieds-toi et bois ton café tranquillement », avait ordonné Ara en lui désignant l'antique fauteuil en velours vert placé à côté de la fenêtre du salon.

C'est là qu'elle s'installait pour savourer ses lectures en profitant de la lumière du soleil. En laissant vagabonder son regard vers l'extérieur, Tomar apercevait la façade décrépie d'une résidence moderne encastrée entre deux immeubles en pierre blanche, et un peu plus haut, une rangée de terrasses encombrées de plantes mortes et, enfin, le ciel morne de cette matinée d'hiver. Vivre à la ville, c'était vivre dans une boîte entourée d'anonymes enfermés eux aussi, condamnés à un vis-à-vis laissant peu de place à l'intimité. On s'habituait progressivement à baisser le regard pour éviter de s'immiscer dans l'existence des gens. Entre les pans des rideaux, on apercevait souvent des silhouettes absorbées dans leurs préoccupations. La banalité, le quotidien, l'amour, la haine parfois, on partageait tout avec ses voisins, témoins immobiles et silencieux de la vie des autres. Tomar constatait cela tous les jours dans ses enquêtes. Combien de drames pourraient être évités en signalant un hurlement nocturne ou une conduite violente, combien d'auteurs de souffrances tues et cachées sous des apparences de banalité pourraient être condamnés ? Assan en était la preuve : on l'avait torturé à mort pendant des heures sous les sommiers des habitants. Certains avaient forcément entendu des cris, mais s'étaient vite rendormis. L'indifférence devenait la norme, le regard vers le sol et les oreilles sourdes à la douleur des autres.

Tomar but une gorgée de café brûlant et tourna la tête vers l'intérieur de la pièce. Hala et Ziad, les deux petits réfugiés hébergés par sa mère, étaient assis autour de la table ronde du salon, occupés à dessiner avec des crayons de couleur. Ils le regardaient à tour de rôle, illuminant leurs visages d'un large sourire. Tomar sentit une pointe de culpabilité lui tirailler le ventre. Il avait laissé plusieurs messages à la fille de l'Opfra, dont lui avait parlé Francky. Messages restés sans réponse pour l'instant. Au bout du couloir, il entendit Ara échanger quelques mots d'arabe avec Nouria, la mère des gamins, avant qu'elle ne le rejoigne, un carton dans les bras. Tomar se leva pour lui laisser la place, mais elle avait déjà traîné une chaise pour s'asseoir en face de lui. Elle posa la boîte sur ses genoux et en retira précautionneusement le couvercle. À l'intérieur, Tomar aperçut une pile de papiers. Des déclarations fiscales, des fiches de salaire, des récépissés de sécurité sociale, toute une batterie de documents administratifs, reliques d'un passé qu'il s'était efforcé d'occulter de sa mémoire.

— C'est pas facile ce que tu me demandes…, dit Ara en fouillant dans les papiers. Pourquoi tu t'intéresses à ça, mon fils ?

Tomar hésita quelques instants. Lui dire qu'il craignait une maladie héréditaire, c'était lui avouer qu'il avait un problème et risquer de l'inquiéter. Or depuis toujours Tomar protégeait sa mère.

— J'ai des migraines, maman... C'est rien, mais mon médecin m'a demandé si du côté de mes parents...

Ara le regarda avec un œil suspicieux avant de répondre.

— Je ne me souviens pas que ton père ait eu des migraines. Par contre à moi, il m'en donnait, dit-elle sans sourire.

— Il n'a jamais passé d'examens ? Un scanner ou un truc dans le genre ? Je veux dire, les médecins n'ont jamais essayé de le soigner ?

— Tu parles de migraines ou...

Ils savaient tous les deux de quoi Tomar parlait. Son père les avait battus pendant des années avant qu'Ara ne réussisse à lui échapper, emportant Tomar et son frère avec elle. Le juge avait délivré une ordonnance d'éloignement, et ils avaient vécu d'appartement en appartement, cachés pour qu'il ne puisse pas les retrouver. Jusqu'au jour inévitable où il s'était pointé la gueule enfarinée en leur jurant qu'il avait changé. La suite, Tomar ne se la rappelait que trop bien... elle hantait ses nuits depuis presque trente ans. Ara posa le carton et se plia en deux pour plonger ses yeux clairs dans ceux de Tomar.

— Tu sais, mon fils, pendant la guerre, j'ai vu beaucoup d'horreurs. J'ai croisé des regards que je n'oublierai jamais... La souffrance, la peur, la mort, on devine tout dans les yeux de quelqu'un.

Tomar sentit une vague de tristesse l'envahir. Il y avait quelque part, au fond de lui, un abîme de sentiments enfouis. Amour, haine, colère, regrets, amertume, tout se mélangeait dans ce puits dont il avait scellé l'accès depuis son enfance et dont les parois se fissuraient peu à peu.

— Mais lorsque j'ai rencontré ton père, j'ai trouvé qu'il avait de très beaux yeux et je n'ai rien vu de ce qui nous attendait… Je suis désolée, dit-elle en lui prenant les mains.

Tomar aurait voulu dire quelque chose, mais ses lèvres étaient collées et il ne réussit qu'à lui déposer un baiser sur la paume.

— Ton père était malade, c'est certain, mais je ne crois pas que les médecins pouvaient l'aider… Il était comme ça, c'est tout.

Il y eut un bruit en provenance du couloir et Nouria pénétra dans la pièce en pestant contre ses fils. Tomar tourna la tête et aperçut le jeune Ziad déposer précautionneusement à sa place le téléphone portable qu'il avait laissé plus tôt, avec son casque et ses clefs de moto, sur la table. Ara échangea quelques mots avec sa locataire avant d'expliquer à Tomar qu'elle était désolée de cet emprunt « sans avoir demandé la permission ». Nouria vint le rejoindre en lui tendant son téléphone. Tomar la rassura d'un sourire et aperçut une photo de l'autopsie d'Assan que Francky lui avait envoyée par e-mail et qui avait dû s'afficher sur son écran d'accueil. On y apercevait un bras ensanglanté tatoué d'un aigle noir.

— C'est moi qui suis désolé, dit Tomar en rangeant l'appareil dans la poche de son jean.

— Ne t'inquiète pas, répondit Ara. C'est malheureux, mais ce n'est pas le premier cadavre que ces enfants ont dû voir.

23

Le groupe Khan au complet se trouvait réuni dans le petit bureau du cinquième étage. Une odeur de café chaud parfumait la pièce et Francky avait ouvert un Velux et grimpé sur une pile de dossiers pour fumer sa clope loin des détecteurs. Tous les regards convergeaient vers Laurent Bruchet, un gars de la brigade de répression du proxénétisme, venu leur faire un cours magistral sur la mafia albanaise. C'est Dino qui avait planifié cette entrevue histoire de les mettre à niveau et qu'ils puissent bien comprendre à qui ils avaient affaire. Bruchet, un flic de petite taille au front dégarni et au visage émacié, leur expliquait l'organisation implacable de cette pieuvre en provenance des Balkans. Certains pays exportaient leur cuisine, leur culture ou leur main-d'œuvre, l'Albanie s'était spécialisée en un tout autre domaine : le crime organisé. En peu de temps, cet État à la dérive, rongé par la misère et la corruption, s'était taillé la pire des réputations en Europe. Les années 90 et la guerre du Kosovo avaient donné des ailes aux clans historiques.

L'Armée de libération du Kosovo abritait en réalité une organisation politico-mafieuse dont les parrains n'avaient cessé de tisser des liens avec les barons du crime avant de prendre leur place. Prostitution de masse, immigration clandestine, trafic de drogue et d'armes de guerre, rien ne leur échappait. Le démantèlement de plusieurs réseaux de proxénètes albanais avait permis aux flics français de se familiariser avec leurs méthodes. La plupart des trafics étaient internationaux, justifiant qu'Interpol élabore un programme spécifique pour lutter contre eux. Le projet Balkom regroupait des centaines d'enquêteurs dans quasiment tous les pays d'Europe et dressait un tableau catastrophique de la situation qui ne faisait qu'empirer au fil des ans. Les visages se tendirent lorsque Bruchet leur glissa que même la pègre russe et ses procédés expéditifs faisaient figure d'enfants de chœur à côté de la barbarie des Albanais. Tomar ne put s'empêcher de penser à ce pays en ruines, dévasté par la guerre, et aux gamins grandissant sans repères pour lesquels la violence devenait la norme, la condition *sine qua non* pour survivre.

— Les mecs se croient encore au Moyen Âge, dit Bruchet en jetant son gobelet vide dans une petite poubelle de bureau. À l'époque, régnaient une quinzaine de clans soumis à un code d'honneur inviolable : le *Kanun.*

— Un truc genre yakuza ? questionna Dino avec des yeux de geek face à un nouvel épisode de sa série préférée.

Tomar le soupçonnait d'adorer mettre les mains dans cette affaire de mafia, ils avaient rarement l'occasion de le faire.

— Beaucoup moins raffiné. Ces gars sont vraiment sans limites, et c'est le problème. On n'arrive pas à les coincer à cause des représailles. Un mec parle, et toute sa famille se fait charcuter. Même les traducteurs, les avocats, les juges… ils menacent tout le monde et passent régulièrement à l'acte. On n'a quasiment plus personne pour nous informer.

— Vous réussissez quand même à les serrer, visiblement, répliqua Tomar.

— Ouais, on ne peut pas dire qu'ils soient discrets. Les écoutes, c'est compliqué parce qu'ils utilisent un langage codé. Et les planques, on oublie à cause de leurs équipes de contre-surveillance… En réalité, ces connards ne se cachent pas vraiment. Ils trafiquent comme s'ils étaient chez eux, au milieu de la rue. Alors on suit les filles et on les serre en flag. Mais ça ne sert à rien…

— Pourquoi ?

— Au mieux ils sont extradés et relâchés dès leur retour chez eux. Des mecs qui se font 5 000 euros la journée en faisant trimer une douzaine de filles.

— Et les filles ? questionna Rhonda.

— Les filles, c'est l'horreur… Elles viennent d'Albanie, de République tchèque ou de Bulgarie, mais ils se servent aussi dans les filières d'immigration clandestine. On en retrouve partout, Allemagne, Belgique, France… On parle de maisons de dressage où elles apprennent le métier et où ils les vendent.

Rhonda détourna le visage, dégoûtée.

— Ouais, c'est pas joli… Elles sont traitées comme des esclaves, certains clans vont même jusqu'à les tatouer avec leurs blasons à la con.

— Et Yuri Baric ? C'est quel genre de mec ? demanda Tomar.

— Yuri… le genre sauvage. Il est à la tête d'une petite famille implantée dans la banlieue est. Héroïne, un peu d'herbe pour diversifier, mais c'est surtout la prostitution sa spécialité. Le gars qu'on a retrouvé dans une cave bossait pour lui… Vladis Vidko, un violent.

— Il s'est fait sacrément dérouiller, fit remarquer Francky en s'envoyant une bonne latte de fumée dans les bronches.

— Ouais, j'ai vu la vidéo. En tout cas, ce mec a des burnes pour s'attaquer à Yuri. Ils doivent tous être à sa recherche. Vous savez qu'ils lui ont déjà donné un nom ? *Fantazmë*… ça veut dire « spectre » en albanais…

Tomar tourna la tête pour observer la capture d'écran qu'il avait punaisée sur le tableau de chasse du groupe. La silhouette noire de l'homme était penchée sur le dealer albanais, un poing dressé au-dessus de lui, prête à frapper encore et encore. Fantazmë… ce nom lui allait plutôt bien.

24

Kristina leva les yeux vers le ciel et pria en silence. « Faites qu'ils ne me battent pas. Ils peuvent me violer autant qu'ils veulent, mais je ne supporterai plus les coups. » Kristina se souvenait de ce jour d'hiver 2015, elle avait tout juste dix-sept ans et travaillait dans un bar populaire de Chisinau, capitale de la Moldavie. Elle touchait à peine l'équivalent de 30 euros par mois et partageait un minuscule studio avec deux autres filles originaires de Roumanie. C'est l'une d'elles qui lui avait présenté Vloran, un Albanais au visage doux. Il lui avait promis 300 euros pour le même travail dans un bar qu'il possédait au Kosovo. Elle s'était d'abord méfiée. Quel genre de boulot ? Mais il l'avait rassurée en lui faisant miroiter la possibilité à terme d'obtenir un passeport et un vrai job bien payé en Europe occidentale : Italie, Suisse, Belgique ou, pourquoi pas, la France. Kristina avait gobé ses conneries, illuminée par des images de paix, d'argent et de vie meilleure. Elle l'avait suivi dans son bar sans poser de questions. À son arrivée, Vloran l'avait vendue au patron, 3 500 euros, car elle était bien faite et possédait de beaux yeux bleus. On l'avait passée à tabac, et elle avait été violée par les clients, le propriétaire et certains de ses employés. On l'avait emprisonnée dans une chambre pour bien lui signifier sa condition d'esclave. Le jour, elle servait au bar sous la surveillance constante d'une matrone. La nuit, le patron la mettait à disposition de dix à quinze clients. Le salaire dont Vloran lui avait parlé n'existait pas. Il était officiellement retenu pour payer sa nourriture et la chambre miteuse qui lui servait de cellule. Malade, elle ne pouvait se faire soigner nulle part, car la police et l'État ne lui reconnaissaient aucun droit. Elle était un fantôme condamné à l'oubli. Et puis le patron l'avait vendue à un autre Albanais qui comptait traverser l'Europe en passant par l'Italie pour rejoindre la France. Comme elle s'était bien conduite, on l'avait autorisée à s'asseoir sur le siège passager du petit camion, tandis qu'une dizaine d'autres filles voyageraient à l'arrière dans l'obscurité glaciale d'un container. Elle avait contemplé la route et les paysages de campagne. Elle avait croisé le regard d'enfants riant sur les banquettes arrière des voitures. Puis la campagne s'était transformée en une succession de petites villes grisâtres et ses yeux avaient accroché le mot *PARIS* sur un panneau. Malgré tous ses malheurs, une larme d'espoir avait coulé sur ses joues. Paris, capitale des Lumières et du pays des droits de l'homme. Quelqu'un, quelque part, allait venir la secourir…

Il y eut une légère secousse alors que le camion bifurquait pour s'engager dans un chemin de terre longeant un vaste terrain vague. Kristina aperçut des monticules de déchets accumulés à perte de vue et comprit qu'ils devaient se trouver dans une sorte de décharge. Ils roulaient lentement pour éviter les ornières et elle imagina les filles chahutées à l'arrière. Cela dura encore une dizaine de minutes avant que la silhouette d'un bâtiment n'émerge derrière les tas d'immondices. C'était une usine désaffectée et partiellement en ruine. Deux immenses cheminées dressaient leurs tours vers le ciel, comme des sentinelles de béton armé. Pas difficile d'imaginer que ce lieu était autrefois un incinérateur à ordures. Il ressemblait désormais à un tombeau abandonné. Le camion stoppa devant l'entrée du bâtiment et le conducteur, un homme massif aux cheveux décolorés qui n'avait pas desserré la mâchoire durant tout le trajet, lui fit signe de descendre.

Trois autres colosses attendaient sur le perron, l'un d'entre eux armé d'un pistolet-mitrailleur. Kristina ne paniqua pas une seconde et vint se mettre à genoux à l'endroit exact où on lui avait demandé de le faire. On ouvrit les portes du camion et les filles descendirent en pleurant. Certaines étaient très jeunes, à peine une douzaine d'années. D'après les quelques mots qu'elle put entendre, elles venaient toutes d'Europe centrale. L'une d'elles essaya de s'enfuir et fut immédiatement battue à coups de matraque. Après quelques minutes d'agitation, elles se retrouvèrent toutes autour de Kristina, leurs regards perdus et larmoyants. C'est alors qu'un homme apparut au milieu des autres. Il avait une barbe très noire et un visage dur, comme ceux qu'elle avait déjà croisés chez son ancien patron. Avec un fort accent kosovar, il leur dit s'appeler Yuri et les informa de leur condition d'esclave. Pas beaucoup de différences par rapport à ce qu'elle avait connu, si ce n'est qu'elles travailleraient dans des camionnettes pour changer de lieu quotidiennement. Yuri leur promit un salaire et quelques avantages si elles se tenaient correctement. Il leur expliqua qu'elles allaient entrer dans le bâtiment derrière lui pour apprendre à satisfaire leur client. Kristina sentit une douleur lui tirailler le bas-ventre, elle savait très bien à quoi s'attendre. Il y eut des cris et des pleurs qui s'estompèrent avec les coups, portés à l'abdomen pour ne pas abîmer la marchandise. Et puis Yuri annonça qu'elles devaient aussi arborer les couleurs du clan et en être fières. Deux de ses hommes allumèrent un feu dans un baril métallique. Ils y plongèrent une longue tige en acier dont l'extrémité incandescente représentait un Y dans un rond. *Le symbole de la paix*, pensa Kristina en levant le doigt pour se porter volontaire. Yuri la dévisagea quelques secondes et fit un signe de tête approbateur en la félicitant. Elle parcourut les quelques mètres qui la séparaient du feu et se pencha en avant pendant qu'un homme soulevait son pull pour mettre la peau de son dos à nu. Quelque part entre les traces de brûlures et de fouet causées par son ancien patron, Kristina sentit la morsure impitoyable de l'acier lui marquer la chair. Elle leva la tête en hurlant et aperçut le miroitement du soleil sur le tas d'ordures face à l'usine. Si la douleur ne l'avait pas fait pleurer, elle aurait peut-être distingué la silhouette camouflée sur le sol qui l'observait souffrir le martyre…

25

Deux poissons aux écailles bleu électrique fixaient Tomar avec des yeux globuleux en ondulant lentement leurs nageoires. Il y eut un cri d'excitation et une petite fille blonde d'une dizaine d'années vint plaquer sa tête contre la vitre de l'aquarium. Elle commença à tapoter avec ses doigts et les poissons se mirent à l'abri dans un buisson d'algues. Tomar avait quitté l'île de la Cité pour rejoindre le cabinet du docteur Cherqui situé dans un coin cossu du XVIe arrondissement. Il avait longuement hésité avant d'appeler le neurologue conseillé par Mathis, mais son réveil nocturne en pleine forêt le forçait à prendre les choses en main. La recommandation du psy et l'évocation de son petit épisode délirant lui avaient valu un rendez-vous en urgence, il n'avait même pas eu besoin de parler de sa crise de somnambulisme. Tomar observa la jeune mère qui tentait vainement de persuader sa fille de venir la rejoindre sur le canapé. Il se demanda ce qui pouvait l'amener dans la salle d'attente de ce spécialiste des maladies neurologiques. Son sourire triste et les poches qu'elle avait sous les yeux lui suggérèrent que cette petite fille blonde pétillante de vie devait être la véritable patiente. Les enfants avaient cette faculté incroyable de surmonter les épreuves, aussi douloureuses soient-elles, en conservant intacte leur envie de s'amuser. Tomar se rappela les images d'Alep publiées par tous les médias quelques mois plus tôt. On y apercevait un groupe de gamins profitant d'un moment d'accalmie pour aller se baigner dans un trou d'obus au milieu d'un champ de ruines. Le parquet craqua et la porte de la salle d'attente s'ouvrit pour dévoiler la silhouette fine d'un homme en costume gris.

— Monsieur Khan…, dit-il en souriant.

Tomar se leva, prit le casque de moto posé à ses pieds et se dirigea vers la main qu'il lui tendait pour le saluer. Il observa ce visage doux au front dégarni et au teint hâlé et pensa qu'il ressemblait à un moine bouddhiste. Il suivit le docteur Cherqui jusqu'à son bureau au bout d'un long couloir jalonné de portes estampillées du logo « Attention radioactivité ». Il découvrit une vaste pièce dont les fenêtres donnaient sur un parc où les enfants du quartier devaient venir jouer par beau temps. Cherqui s'assit derrière un bureau en bois sombre encombré de photos encadrées. Tomar nota qu'il y posait avec deux garçons visiblement du même âge. Une compétition de judo, une randonnée dans un décor de montagne, une plage ensoleillée, Cherqui devait être séparé ou veuf et s'occuper seul de ses jumeaux. Sur le mur derrière lui, un long portique rétroéclairé affichait plusieurs clichés de cerveaux aux coloris bleutés et ceignait la tête du neurologue d'une aura blafarde. Tomar s'assit dans un fauteuil en cuir usé et hésita quelques secondes à prendre la parole alors que les yeux clairs de Cherqui le scrutaient avec bienveillance.

— Alors comme ça, vous connaissez Benoît Mathis ? questionna-t-il en croisant les doigts de ses deux mains.

— Oui, répondit Tomar avec un peu de crispation.

— Je me suis permis de l'appeler après votre prise de rendez-vous… Il m'a donné quelques éléments intéressants.

Tomar n'avait aucune idée de ce que ça pouvait vouloir dire. Il avait toujours pensé que ses « entretiens » avec Mathis resteraient confidentiels même si ce n'était pas à proprement parler de véritables consultations.

— Je crois que vous êtes amis, tous les deux ? continua Cherqui.

— Oui…, répondit Tomar avec une immédiateté qui le surprit lui-même.

— Il m'a également dit que vous étiez commandant de police au 36, quai des Orfèvres… un sacré métier, reprit le neurologue. Alors je vais vous expliquer les choses sans détour. Cet épisode que vous avez eu, ces hallucinations sensorielles à la fois visuelles, olfactives, auditives et vertigineuses, ça ressemble fort à une crise d'épilepsie cérébrale.

Tomar sentit quelque chose se nouer dans son estomac. Il avait l'impression de se trouver devant un légiste énumérant la liste des lésions sur un corps. Au détail près que cette fois, le corps était le sien.

— Dites-moi, monsieur Khan, au moment de cette crise, avez-vous eu l'impression d'être dans un état de rêve, un sentiment de bizarrerie, d'étrangeté indéfinissable ?

— Je ne pourrais pas mieux le décrire.

— Et ça n'a pas duré plus de quelques minutes ?

— Deux ou trois maximum.

— Alors nous allons commencer par un électro-encéphalogramme pour évacuer l'hypothèse d'un AIT, dit-il avant de reprendre. L'accident ischémique transitoire, c'est une catégorie d'AVC qui peut avoir des conséquences fâcheuses…

Le nœud dans l'estomac de Tomar se serra d'un cran supplémentaire.

— Ensuite vous ferez une IRM cérébrale et nous garderons le scanner en réserve suivant le diagnostic, mais j'ai bon espoir que ce soit une simple crise partielle d'épilepsie.

Tomar n'avait pas la moindre idée de ce que ça pouvait vouloir dire réellement, mais il ne réussit pas à desserrer la mâchoire.

— C'était la première fois que ça vous arrivait ? Benoît m'a un peu parlé de vos rêves, mais durant votre temps d'éveil, avez-vous déjà connu ce genre d'épisode ?

Il fut instantanément plongé dans le parking des Champs-Élysées où il s'était retrouvé nez à nez avec Bob avant de perdre connaissance. C'était il y a presque un an, juste après la résolution de l'enquête sur la mort de cette directrice d'école maternelle. Et il y avait bien entendu son épisode dans les bois…

— Oui, répondit-il d'une voix éteinte.

— J'imagine que vous n'en avez parlé à personne ? questionna Cherqui en le fixant dans les yeux. C'est généralement le cas lors des premières crises. On a l'impression de devenir fou, de délirer…

— C'est à peu près ça.

— Eh bien, alors, on ne peut pas écarter que votre épilepsie, si c'est bien de cela qu'il s'agit, soit généralisée.

Généralisée… ça sonnait un peu comme un couperet définitif.

— Ce qui signifie ? questionna Tomar en serrant les poings.

— Voyez-vous, l'épilepsie est une sorte de court-circuit causé par une activité trop importante des cellules du cerveau. Cela peut être une petite panne, c'est ce qu'on appelle une crise partielle… ou bien c'est un dysfonctionnement simultané des deux hémisphères provoquant une coupure générale pouvant s'installer dans la durée.

— Vous voulez dire que ça va recommencer ?

— Cela dépend de la cause et de la gravité de l'épilepsie ainsi que des facteurs de déclenchement. Votre métier vous expose au stress, à la fatigue, à l'énervement… ce sont tous des facteurs de déclenchement.

Son métier. Si seulement Cherqui avait une idée de l'enfance de Tomar, il s'étonnerait qu'il n'ait pas déjà eu le cerveau grillé.

— Vous avez parlé de causes ? questionna Tomar.

— Oui… l'IRM nous donnera une meilleure image, mais il faut savoir que les causes de l'épilepsie sont complexes et très variées. Soit c'est une origine symptomatique, c'est-à-dire une lésion du cerveau suite à une infection, une tumeur ou des troubles vasculaires… Soit c'est ce qu'on appelle une origine idiopathique, dont on ne connaît pas la cause et qu'on attribue généralement à une forme d'hérédité.

Tomar sentit une légère sensation d'engourdissement alors qu'il écoutait les paroles du neurologue. *Hérédité,* le mot était prononcé par un spécialiste et confirmait ses craintes. La bête était morte, mais elle avait planté sa graine. Une graine qui poussait maintenant dans le cerveau de Tomar. Cherqui dut se rendre compte que Tomar n'allait pas bien, car il continua sur un ton plus doux.

— Mais il faut savoir qu'on n'est pas forcément épileptique si on a seulement connu quelques crises et qu'elles ne se répètent pas forcément toute la vie. Plus d'un demi-million de personnes sont concernées rien que pour la France, et la recherche progresse. On a des traitements qui donnent d'excellents résultats et même des chirurgies efficaces.

Chirurgie. On allait devoir lui ouvrir le crâne pour aller fouiller dans son cerveau et extraire la racine qui pourrissait quelque part au milieu de ses synapses.

— Je vous propose de procéder aux examens et je vous appellerai dès que j'aurai pu les interpréter… Ensuite nous verrons.

Tomar hocha la tête, incapable de prononcer un mot de plus. Il avait l'impression qu'une tonne de fonte lui écrasait les épaules. Le docteur Cherqui se leva et contourna son bureau pour le raccompagner à l'entrée où une assistante prit ses coordonnées. En partant, il lui serra vigoureusement la main.

— Ne vous inquiétez pas, monsieur Khan, je ne vous laisse pas tomber, dit-il d'une voix chaleureuse.

Et Tomar pensa que le pire était à venir…

26

Le chapiteau blanc du centre humanitaire Paris-Nord se dressait comme un bubon improbable sorti du bitume. Cette ancienne friche SNCF située en contrebas du périphérique et dont l'accès se faisait par le numéro 70 du boulevard Ney abritait le fer de lance de l'hospitalité parisienne : un centre de 400 places censé accueillir les milliers de réfugiés chassés des camps de fortune, dont le plus important, celui de Stalingrad, avait été démantelé quelques mois plus tôt. Rhonda et Francky remontaient une file de silhouettes rassemblées en une longue queue chaotique, mais résignée. Les visages fatigués, dissimulés sous des capuches, se baissaient systématiquement sur leur passage. Rhonda croisa néanmoins le regard sombre d'un homme portant une couverture de survie sur les épaules par-dessus sa doudoune rouge. Quelles épreuves avait-il dû endurer avant de se retrouver ici, obligé de mendier quelques jours de dignité ? À l'accueil, ils présentèrent leurs cartes d'OPJ aux bénévoles de l'association humanitaire chargée de gérer l'accès au centre. Dino sortit deux feuilles de papier de sa poche et en tendit une à Rhonda.

— Je vais poser quelques questions, histoire de gagner du temps, dit-il en se tournant vers la file de réfugiés.

Rhonda savait qu'il était mal à l'aise. Francky était sans doute le flic le plus engagé à gauche du 36, et toute cette misère au milieu d'un pays officiellement prospère l'exaspérait. Surtout sous le mandat d'un président dans lequel il avait placé tous ses espoirs, avec la sincérité qui le caractérisait.

Un jeune homme d'une trentaine d'années portant un dossard « Emmaüs Solidarité » s'approcha de Rhonda et lui fit signe de le suivre à l'intérieur de la bulle. Elle y découvrit une série de bureaux improvisés dans des Algeco et répartis sur deux niveaux. Depuis l'intérieur, le chapiteau semblait plus grand, plus coloré, comme illuminé par un coucher de soleil grâce à la toile arc-en-ciel orangé.

— On se croirait dans un cirque, pas vrai ? dit le bénévole en l'invitant à le rejoindre dans un des bureaux. Il faut bien avouer que c'est souvent le cas !

Rhonda esquissa un sourire tout en observant la foule des réfugiés qui déambulait dans la partie « open space » de la bulle où se répartissait une série de tables et de chaises en accès libre. Partout, des jeunes en brassard jaune ou bleu discutaient avec ces hommes du bout du monde. Elle remarqua des regards soudain plus lumineux et même des rires.

— C'est impressionnant, hein ? Je peux vous dire un truc, c'est qu'on ne s'ennuie jamais ici. Il y a toujours quelque chose à faire.

— J'imagine, répondit Rhonda en lui tendant la feuille remise par Francky. J'aimerais savoir si vous pensez connaître cet homme.

Le bénévole déplia le bout de papier et fixa la silhouette encapuchonnée du spectre de la vidéo, le bras en l'air, prêt à frapper.

— C'est vraiment impossible à dire, son visage est invisible, et de toute façon on a vu presque quatre mille personnes depuis l'ouverture du centre en novembre…

— Regardez ses gants, c'est un modèle assez peu courant.

L'homme fronça les sourcils une nouvelle fois en se concentrant sur l'image, mais il finit par lui rendre la feuille avec un air désolé.

— Ça ne me dit rien du tout. Vous êtes certain qu'il s'agit d'un réfugié ?

Pour toute réponse, Rhonda lui tendit une photocopie de la demande d'asile d'Assan.

— Et lui ? Il vous dit quelque chose ?

— Assan Barazi… on a une base de données avec toutes les personnes qui passent au centre. Je peux vérifier si vous voulez. C'est un Syrien, on en a eu pas mal depuis janvier.

— Vous n'accueillez que des hommes ?

— Des hommes seuls, oui. Il y a une structure d'accueil pour les femmes à Ivry, elle vient juste d'ouvrir. Vous savez, il y a beaucoup de monde sur le parvis, mais on n'a que quatre cents lits… La plupart repartiront dans la nature ce soir.

— Il y a d'autres endroits où je peux chercher ?

— Franchement ? Vu la photo que vous avez et le peu de structures existantes, c'est pas la peine. À moins de vous joindre aux maraudes et de compter sur la chance…

Dans un coin de la grande salle, un homme s'était levé et criait sur un bénévole qui tentait de le calmer. Au bout de quelques minutes, il se rassit et reprit la conversation tranquillement.

— Vous n'avez pas de service de sécurité ? demanda Rhonda

— Ce n'est pas de ça qu'ont besoin ces gens. Sans vouloir vous manquer de respect, la police, ils l'ont suffisamment vue… Ils sont épuisés, ils ont peur, ils ont juste besoin qu'on les écoute et qu'on les aide.

Rhonda soupira et se sentit soudain très conne.

— Pas facile, ce que vous faites.

— Le souci, c'est surtout qu'il nous faudrait trois ou quatre centres comme celui-ci. Et puis, ces gens, on les a pour quelques jours, mais après ? Normalement, on est censé leur trouver un hébergement à la sortie, mais bon… c'est tout le système qui est grippé.

— Ouais… je vois, dit-elle sans enthousiasme.

Le jeune homme se redressa, la demande d'asile d'Assan entre les mains.

— Bon, je vais faire votre vérification, j'en ai pas pour longtemps. Je vous retrouve dans le hall ?

Rhonda acquiesça de la tête et se leva pour parcourir le dôme. À l'autre bout de la salle, une porte en forme d'entonnoir menait vers l'extérieur où se dressait un immense entrepôt dans lequel on avait créé des chambres. Devant l'effervescence de ces hommes encapuchonnés, Rhonda se dit qu'ils n'avaient aucune chance de trouver leur spectre. C'était peine perdue.

— Ça fout le tournis, hein ? (La voix de Francky la fit sortir de ses pensées.) J'ai parlé avec un gars d'une asso. On n'aura aucune info…

— Pareil ici.

— Ils t'ont expliqué pour les Dublinés ? questionna Francky alors qu'ils se dirigeaient vers l'extérieur.

— C'est-à-dire ?

— Quatre-vingt-dix pour cent des mecs qui passent ici sont soumis à une procédure européenne à la con négociée à Dublin. En gros, leur demande d'asile dépend du pays dans lequel ils ont laissé pour la première fois leurs empreintes. T'imagines, le bordel ? On n'est pas près de les accueillir.

« Les accueillir ? » En regardant cette poignée de bénévoles tenter d'endiguer le flot de misère qui n'en finissait pas de s'échouer de continent en continent, Rhonda se dit que c'était comme mettre un pansement sur une jambe de bois.

— Lieutenant ?

La voix du jeune homme avec lequel elle s'était entretenue la fit se retourner alors qu'ils se trouvaient à la sortie du chapiteau.

— Votre Assan Barazi est bien passé par ici, le 20 décembre, exactement… et il est parti la veille de Noël.

— Et depuis ?

Il fit une moue pour signifier qu'il n'en avait aucune idée.

— Merci et bonne chance, dit Rhonda en lui serrant la main.

Alors qu'ils quittaient le chapiteau, c'est elle qui baissa les yeux de honte en traversant le parvis jusqu'à sa voiture.

27

Après son rendez-vous chez le neurologue, Tomar avait pris la voie sur berge pour rejoindre le centre de Paris et son café *La Pointe Saint-Eustache*. C'est ici qu'il avait ses habitudes avec son mentor ; il aurait bien eu besoin de lui après le coup de massue qu'il venait de prendre derrière les oreilles. Mais Berthier n'était pas là, il s'était finalement décidé à rendre visite à sa famille dans le sud de la France. À l'heure qu'il était, il devait être en train de se dorer la pilule sur le Vieux Port de Marseille.

« Je ne vous laisse pas tomber. » Le docteur Cherqui était un homme rassurant, mais il ne savait pas à quoi il s'attaquait. Tomar déconnait sérieusement depuis son adolescence et le fameux jour où il avait planté la lame d'un couteau dans le bide de son père. Ses malaises et ses cauchemars n'étaient que le sommet d'un iceberg dont la base se perdait dans un abîme qu'il ne faisait pas bon aller explorer. « Des solutions chirurgicales » : les souvenirs d'autopsie de Bouvier découpant des crânes lui donnèrent envie de vomir. Il en était donc là ? On allait lui ouvrir la tête pour extraire la racine du mal ? Il finirait peut-être libre, mais perdu. « Nous n'existons pas sans l'autre », les mots du légiste lui revinrent aussi violemment qu'un boomerang en plein visage. Pourrait-il exister sans ce lien avec son père ? Avait-il seulement envie de le couper ? Tomar sentit un flot d'angoisses lui nouer l'estomac et décida de quitter le café pour retourner bosser. L'absolution de ses péchés dans le travail, c'est avec cette glaise mentale qu'il avait façonné les murs du labyrinthe et s'était enfermé lui-même pour fuir la violence, sa violence. Et puis les gars du groupe devaient se demander où il était encore passé. Entre ses absences et maintenant l'épée de Damoclès d'une maladie incapacitante, il était sur le point de perdre ce job auquel il avait tout donné.

Tomar laissa sa moto garée dans le quartier des Halles et rejoignit à pied le pont Neuf pour traverser jusqu'à l'entrée du 36. Le flot d'idées morbides qui le hantait commençait à se dissoudre dans l'air frais de ce début du mois de février. En contrebas, le spectacle ordinaire des péniches et des bateaux-mouches se croisant sur les eaux sombres de la Seine l'apaisa encore un peu. Il était sur le point de passer le porche en saluant le gardien de la paix en faction lorsqu'il remarqua la petite silhouette emmitouflée de noir qui l'observait sur le trottoir d'en face. Ara. Qu'est-ce que sa mère faisait là ?

— Maman… ça va ? demanda-t-il en venant la rejoindre d'un pas rapide.

Elle lui prit les mains et colla un baiser chaud sur sa joue.

— Oui, mon fils, j'avais quelque chose à te dire…

— Tu pouvais m'appeler.

— Marcher me fait du bien. À toi aussi, visiblement…

Tomar eut soudain l'impression qu'elle savait tout de ses angoisses. Comment aurait-elle pu ? Comment expliquer ce lien unique reliant une mère et son enfant ?

— Qu'est-ce qui se passe ?

— J'ai discuté avec Nouria, la maman des petits réfugiés…

— Oui, désolé… je ne t'ai pas donné de nouvelles mais j'ai appelé une fille de l'Opfra. Je m'occupe des papiers, répondit-il sans lui laisser le temps de finir sa phrase.

— Ce n'est pas de ça dont je voulais te parler. Tu te souviens, l'autre jour, les enfants avaient joué avec ton téléphone portable. Il y avait des photos… d'un corps… tu m'as dit que c'était une de tes affaires.

— Oui, je me souviens.

— Eh bien, Nouria a vu un tatouage… un aigle noir avec un mot arabe.

Elle parlait de l'aigle sur le bras d'Assan. Francky l'avait photographié sous toutes les coutures, avait fait quelques recherches sur le net mais ça n'avait rien donné de particulier.

— C'est un insigne…

— Un insigne ? Mais un insigne de quoi ?

— Les Moukhabarat, la police secrète de Bachar el-Assad… celle qui a ouvert le feu sur les manifestants au début des contestations. Celle qui a emprisonné, torturé, assassiné des milliers d'innocents, à Alep et partout en Syrie.

— Elle est certaine de ça ?

— Son père était militaire dans l'armée régulière. Il a été tué au début du conflit. C'est lui qui a parlé à Nouria des Mukhabarat, pour la mettre en garde.

Tomar ne savait pas encore comment analyser cette information. Assan Barazi avait été torturé à mort dans une cave parisienne, l'imaginer en bourreau assassinant femmes et enfants pour la gloire d'un tyran changeait forcément la donne. Mais de quelle manière ?

— J'ai pensé que ça pourrait t'aider pour ton enquête, dit Ara d'une voix hésitante.

— Bien sûr, maman, ça va m'aider, tu as eu raison.

Il y eut un moment de flottement et Tomar sentit que sa mère était aussi venue pour autre chose. Il la connaissait bien, elle et son tempérament de guerrière. Si elle était mal à l'aise, c'est qu'il s'agissait de quelque chose de particulièrement important.

— Tomar, il y a quelque chose que je ne t'ai jamais dit… mais avec ces questions sur ton père et nos dernières discussions, j'ai compris que j'avais eu tort, dit-elle d'une voix inhabituellement fluette.

Tomar ne répondit rien, il se contenta d'attendre en retenant son souffle.

— Je suis désolée, mon fils… désolée de ne pas avoir su te défendre contre… lui. J'espère que tu me pardonneras un jour…

Ara se colla contre son fils sans prononcer un mot de plus. Tomar la serra dans ses bras. Il sentit son corps mince et vit les larmes sur ses joues. Et ils restèrent ainsi silencieux, à partager leur douleur.

28

— Ils sont forts, les mecs, quand même ! s'exclama Dino en observant l'écran de son ordinateur.

On y apercevait quatre policiers en pleine interpellation, couchant un homme à terre au pied d'un mur en béton quelque part dans la banlieue d'Aulnay-sous-Bois.

— Mouais…, dit Francky en quittant le moniteur pour rejoindre sa place sous le Velux. On ne voit pas grand-chose…

— Attends, le mec porte plainte… et y a des constatations médicales. Violé avec une matraque, putain, c'est dégueulasse. (Dino leva la tête vers Rhonda concentrée sur la lecture d'un PV à son bureau.) Toi, t'as pas envie de regarder ?

— Sodomie à la matraque ? Pas vraiment, non merci.

— C'est la BST ? demanda Francky en s'allumant une clope.

— Ouais…

— Les mecs sont formés pour le terrain, ils ne feraient sûrement pas ce genre de conneries volontairement. Surtout sous une caméra. Faut pas croire tout ce que ces abrutis de la télé racontent.

Dino coupa la vidéo et saisit son mug Dark Vador de café fumant avant de reprendre la parole.

— Avec le stress, la pression… On peut tous craquer un jour, non ?

— Et faire ce genre de truc ? Sûrement pas, répondit sèchement Francky.

Fin de la discussion. Francky grogna quelque chose dans sa barbe en tirant une latte de tabac. La porte du groupe s'ouvrit pour laisser entrer Tomar, un morceau de papier à la main.

— Salut boss, lâcha Dino en souriant.

Rhonda leva le nez de sa paperasse pour échanger un regard rapide avec son homme alors qu'il contournait le bureau pour venir punaiser une photo sur le tableau de chasse du groupe. On y apercevait le bras d'Assan Barazi avec un gros plan sur le tatouage en forme d'aigle.

— Plutôt morbide le nouveau poster, plaisanta Dino.

— Les Mukhabarat, ça vous dit quelque chose ? questionna Tomar en se tournant vers ses hommes. C'est la police secrète syrienne… notre victime appartenait visiblement à un corps d'élite au service du président syrien.

— Du *dictateur* syrien, reprit Dino.

— T'as appris ça comment ? demanda Francky.

— J'ai mes sources. Et c'est clairement pas le genre de tatouage qu'on se fait pour frimer sur la plage.

Il y eut un court silence avant que Rhonda ne prenne la parole.

— Ça veut dire que notre victime est un bourreau ?

— Y a des chances, oui.

— Une vengeance ? Un truc lié à son passé en Syrie ? dit-elle avec des yeux brillants.

— Peut-être. Ou alors c'est juste un hasard, mais vous savez ce que je pense du hasard, répondit Tomar.

— Minute papillon, interrompit Francky, un réfugié qui reconnaît son bourreau et qui lui fait la peau, je veux bien… mais quel rapport avec les Albanais ?

— A priori, aucun, et c'est bien ça le problème…, dit Tomar en venant s'asseoir dans son fauteuil brinquebalant. Mais ça change la donne. Notre spectre n'est peut-être pas motivé par l'argent ou des intérêts criminels, c'est peut-être quelque chose de plus intime. Il va falloir fouiller dans le passé d'Assan.

— Ah ouais, mais là on fait comment ? Ce mec a traversé toute l'Europe pour venir crever ici, lança Francky en écrasant sa clope contre le rebord du Velux.

— Bah, j'appelle Interpol et on collabore avec eux, répondit Dino d'un air enjoué.

Tomar pouvait imaginer l'état d'excitation dans lequel ce type d'enquête plongeait Dino. Lui qui kiffait les embrouilles complexes à multiples ramifications, il risquait d'être servi.

— Vous voyez un peu la procédure que ça va être ? fit remarquer Francky, prêchant pour sa paroisse.

— C'est la meilleure piste qu'on ait pour l'instant sur le Spectre. Alors on fait notre métier, on creuse et on finira bien par trouver quelque chose, conclut Tomar.

Il échangea un regard complice avec Rhonda. « Je suis fière de toi » fut ce qu'il lut dans ses yeux. C'était un bien précieux de se sentir aimé par cette femme qui partageait sa passion pour les enquêtes, sa soif de vérité et de justice.

L'abîme avait beau grossir dans sa tête, Tomar avait au moins cette lumière flamboyante à laquelle se raccrocher.

Son téléphone portable commença à vibrer dans sa poche et l'écran lui indiqua un numéro inconnu.

— Khan, j'écoute.

— Bonjour commandant, ici le lieutenant Belko.

La voix nasillarde de Belko lui fit l'effet d'une douche glacée.

— J'aimerais beaucoup vous voir, commandant. Ça vous embête de venir me rejoindre au sixième étage pour partager un café ?

Tomar avait-il le choix ? La confrontation était inévitable, et il n'avait de toute façon aucun intérêt à repousser leur entrevue.

— Pas du tout.

— À tout de suite, répondit Belko avant de raccrocher.

Tomar était prêt à se jeter sous les crocs du serpent. Il avait abattu des démons bien plus effrayants.

29

Belko l'attendait, bras croisés sur sa chemisette, deux tasses fumantes de café posées face à lui entre les piles de dossiers. Il lui fit signe de s'asseoir et l'invita à prendre une tasse en saisissant la sienne. Tomar hésita quelques instants à décliner son offre pour donner le premier coup, mais il se ravisa et but quelques gorgées de café en observant la créature froide et calculatrice qui se dressait en face de lui. Antonin Belko était présent depuis une quinzaine de jours, s'il avait la moindre preuve contre Tomar il l'aurait déjà convoqué officiellement. Il en était donc réduit à fouiner en espérant que quelqu'un commette une erreur. L'adversaire de Tomar était plus faible que lui mais possédait une technique solide. Il ne fallait surtout pas le sous-estimer et baisser la garde sous peine d'une sanction immédiate. Tomar ne ferait pas cette erreur.

Les deux hommes s'observèrent ainsi silencieusement plusieurs secondes avant que Belko n'ouvre le feu.

— Vous êtes plutôt taiseux comme gars, commandant…

— C'est une question ? répondit Tomar sans agressivité.

— Un constat.

Belko saisit un épais dossier sur lequel était inscrit *Tomar Khan* au marqueur noir.

— Je me suis plongé dans ce petit condensé de votre carrière au sein de la police nationale. Impressionnant, vraiment.

La flatterie comme première approche. On était dans l'ultraclassique. Tomar resta silencieux, attendant que les véritables hostilités commencent.

— On y fait également mention de votre ancien parcours sportif. Un beau palmarès en boxe amateur, quelques combats en pro, pourquoi avez-vous arrêté la boxe ?

— Pour entrer dans la police.

— Ça, je sais, mais pourquoi ce choix ?

Tomar voyait clair dans son jeu. Il commençait à brouiller les cartes, l'observait pour trouver la faille, le point d'accroche sur lequel il s'acharnerait par la suite.

— J'étais un mauvais boxeur, répondit Tomar sans broncher.

— Vous m'étonnez. D'après mes recherches, vous n'avez perdu qu'un seul combat.

— Ça suffit parfois pour savoir qu'on doit arrêter.

— Pourtant, les sportifs disent généralement que la défaite fait partie du jeu, non ? On apprend beaucoup de ses défaites, j'imagine ? Un peu comme de ses erreurs dans la vie.

Le bout de la lance que Belko rêvait de lui enfoncer dans le cœur émergeait enfin sous la couche de blabla.

— La boxe m'a appris l'humilité… et la rigueur dans le travail. J'ai pensé que ces qualités seraient parfaites pour un flic.

Tomar venait d'esquiver facilement la première série de coups. Il montait la garde et attendait la suivante.

— Et vous avez eu raison. J'ai lu que vous étiez passé par la BDM avant la Crim. C'était un choix ?

— Oui.

— Pourquoi un boxeur tel que vous s'est-il intéressé aux malheurs des enfants plutôt que de postuler dans une brigade plus musclée comme beaucoup d'autres anciens sportifs ?

— C'est un examen de conscience ? Je pensais juste prendre un café.

Tomar savait qu'il s'était engagé dans un combat où il ne pourrait pas rendre tous les coups. Mais il fallait qu'il fasse sentir à son adversaire qu'il était là, à l'affût, capable de réagir. Sinon il deviendrait un simple sac de frappe inerte sur lequel Belko n'en finirait pas de se déchaîner.

— Ces questions sont un peu personnelles mais elles m'aident beaucoup à comprendre votre parcours et savoir qui vous êtes, commandant, dit Belko avec un sourire carnassier. Bien entendu, vous êtes libre de ne pas répondre.

— J'ai voulu intégrer la brigade des mineurs car mon père était un homme violent sous le coup d'une procédure d'éloignement.

Tomar ne devait rien lui apprendre. Tous ces éléments figuraient dans son dossier.

— Bien sûr, c'est une excellente raison. J'imagine que la violence est une préoccupation au cœur de votre vie.

— Elle l'est. Je suis commandant d'un groupe de droit commun. Je traite des affaires criminelles quotidiennement.

— Je veux dire *votre* violence.

La stratégie du serpent enfin dévoilée. Son enfance, la boxe, la police, la mort de Robert Müller… tout était lié et pointait Tomar du doigt. Il fallait bien avouer que ce Belko avait du flair.

— Je ne vois pas de quoi vous parlez. Vous savez, dans ce service, on est rarement sur le terrain à défoncer des portes. On laisse ça à nos camarades de la BRI.

— Ne me dites pas que vous ne prenez pas plaisir à faire quelques interpellations musclées de temps en temps.

Tomar le jaugea du regard. Enfin il se décidait à envoyer les coups.

— La boxe m'a justement appris la différence entre la violence et l'engagement. Et je vous assure que si j'ai besoin de me défouler, je mets les gants et je monte sur un ring.

Belko eut un soupir d'ennui et saisit une photo qu'il avait jusque-là dissimulée sous une feuille blanche. On y voyait le couteau au manche gravé.

— Vous connaissez cette arme ?

— Oui. C'est celle qu'Alvarez a trouvée dans la forêt de Montmorency. Affaire Bob Müller, on me l'a proposée, mais j'étais sur autre chose.

— Bob Müller ?

Tomar s'en voulait. « Bob » c'était le nom de son croque-mitaine nocturne, le diminutif n'apparaissait dans aucun dossier. Il venait de faire une erreur.

— Robert Müller. J'avais déjà eu affaire à lui. On leur donne parfois des surnoms…

— Je sais, oui, c'est vous qui l'avez coffré avant que le juge ne le relâche dans la nature. J'imagine que c'était assez frustrant.

— On est frustré tous les jours dans ce métier. Les choses se passent rarement comme on aimerait.

— Et ce symbole gravé sur le manche, ça vous dit quelque chose ?

La phase ultime du combat était engagée. Belko venait d'entamer son enchaînement le plus dangereux. À chaque mouvement, Tomar s'exposait à un K-O.

— Vous voulez dire plus particulièrement à moi qui suis d'origine kurde ?

— Oui, c'est ce que je voulais dire, répondit Belko.

— Bien sûr, le soleil est au centre du drapeau du Kurdistan… Mais là c'est autre chose, l'étoile dans le rond c'est le sigle du PKK, le parti des travailleurs du Kurdistan.

Tomar ne pouvait pas lui révéler que ce couteau lui avait été offert par sa mère. Elle avait été une combattante du PKK engagée contre le gouvernement turc pendant des années avant de rejoindre d'autres groupes de résistance armée.

— Oui, c'est ce que j'ai trouvé en faisant mes propres recherches. Donc ce poignard pourrait appartenir à un Kurde ? questionna Belko.

C'était à son tour de faire une erreur. Il venait de baisser la garde méchamment par excès de confiance. Tomar n'allait pas rater cette occasion de lui en coller une.

— Ou à n'importe qui serait allé aux puces de Clignancourt. Ce genre d'objets siglés se vend dans tous les surplus militaires.

Belko accusa le coup quelques secondes. Tomar et lui savaient qu'il n'avait rien, aucune preuve si ce n'est son intuition. Face à un adversaire comme Tomar, il n'était pas de taille.

— C'était très intéressant de vous parler, dit-il en se levant de son fauteuil pour lui signifier la fin de l'entrevue.

Tomar sortit de la pièce en le saluant. Ils échangèrent un dernier regard, et Tomar eut le sentiment que quelque chose ne collait pas. Belko n'avait pas les yeux d'un perdant, au contraire, il semblait satisfait de son combat et presque pressé de rentrer au vestiaire pour fêter ça.

Lorsque la porte du bureau se referma sur lui, Tomar ne put assister au petit rituel qui allait suivre. Le lieutenant Belko enfila une paire de gants en plastique et vint déposer la tasse de Tomar dans un sachet transparent qu'il scella avec précaution. Il y avait des combats qu'on perdait sans le savoir…

30

Rhonda tenait fermement le volant en se concentrant pour ne pas perdre la file de voitures banalisées fonçant sur le périphérique parisien. La nouvelle était tombée quelques minutes plus tôt. Bruchet les avait prévenus que la Mondaine préparait une intervention musclée dans une ancienne usine désaffectée où Yuri et sa bande étaient réunis au complet. L'indic – un coup de téléphone anonyme – n'avait pas pu leur donner d'info sur la nature du trafic ni sur les forces en présence, et un groupe entier de la BRI les accompagnait au cas où ça dégénère. C'était une occasion en or de coffrer l'intégralité du clan en un seul coup de filet et de s'éviter des mois d'écoutes téléphoniques et de planques interminables. Ils s'étaient tous équipés de gilets pare-balles, et Tomar leur avait fait le topo : rester derrière le véhicule blindé et attendre que les gros bras nettoient la zone sans tenter d'intervenir. Les Albanais n'étaient pas connus pour leur délicatesse et ils ne se rendraient certainement pas sans résistance. Après l'orage, le groupe pourrait ratisser le terrain pour trouver des éléments en rapport avec le Spectre ou le passé sulfureux d'Assan.

Ils avaient roulé une petite dizaine de minutes jusqu'à rejoindre la porte de la Chapelle pour ensuite foncer sur l'autoroute A1. Le camion blindé noir, estampillé Police, de la BRI ouvrait le chemin efficacement et aucun véhicule ne se risquait à entraver le convoi. Au bout de quelques kilomètres, ils avaient bifurqué pour prendre une nationale s'enfonçant dans la campagne du nord de Paris. La voiture de tête s'était immobilisée à l'entrée d'un chemin forestier fermé par des grilles cadenassées et tout le monde avait commencé à retenir son souffle. Un officier en tenue d'intervention noire était descendu pour couper les chaînes à la pince avant de se positionner sur le côté en attendant le reste de sa formation.

— C'est une décharge ? questionna Dino en tentant de voir l'inscription sur un vieux panneau rouillé planté pas loin de l'entrée.

— Abandonnée, confirma Tomar.

Son talkie grésilla et la voix de Bruchet les avertit que l'équipe de la BRI allait partir en éclaireur. Ils pouvaient choisir de rester là ou bien les suivre de loin.

Tomar lança un regard à ses hommes et ouvrit la portière du siège passager pour sortir avant d'être rejoint par le reste du groupe.

— Si vous y allez, je vous rappelle les consignes, dit-il en vérifiant l'attache de son holster.

— On ne jouera pas aux cow-boys, patron, c'est toi qui t'en charges, répondit Francky en souriant à pleines dents.

— Et au moindre pépin vous vous repliez derrière les boucliers des mecs de la BRI.

— D'accord, maman, lança Rhonda en terminant d'enfiler son gilet par-dessus sa veste.

Tomar jaugea ses hommes du regard. Ils n'étaient pas formés pour le terrain, mais c'étaient tous des flics expérimentés et il savait qu'ils ne se mettraient pas en danger inutilement.

— Ça vous embête si je vous attends ici ? questionna Dino d'une voix éteinte.

La peur faisait partie du métier et, à voir le visage livide de Dino, il était pété de trouille.

— Pas de souci. Tu restes là et je te fais signe quand c'est OK, répondit Tomar.

— Je suis désolé… c'est juste… pas mon truc ce genre de conneries…

— Garde le moteur chaud, on sait jamais. Si les mecs s'enfuient, tu leur mets leur race, lança Francky.

Dino ne parut pas comprendre la plaisanterie et se dirigea vers la portière côté conducteur pour disparaître à l'intérieur de la voiture.

— J'espère qu'il ne va pas nous salir le siège.

— T'es con, parfois, dit Rhonda d'une voix sèche.

— Quoi ? Si on ne peut plus se marrer ! répondit Francky faussement outré.

Une série de coups de feu à l'arme automatique retentit, suivie d'une courte explosion.

— Les mecs de la BRI ont déjà commencé ? questionna Rhonda.

Le chemin zigzaguait entre des monticules de déchets bouchant toute visibilité.

L'équipe de la BRI, répartie en deux groupes d'intervention, avait progressé par-delà la ligne d'horizon et les gars de Bruchet s'étaient figés sur le chemin à une centaine de mètres du portail.

Il y eut un nouveau grésillement dans le talkie, et la voix de Bruchet lança un bref et glaçant :

— À couvert !

— Qu'est-ce qui se passe ? questionna Tomar dans le micro du talkie.

— J'en sais rien, mais d'après la BRI, les Albanais sont déjà en train de se faire attaquer !

31

Deux immenses cheminées envahies de lierre sauvage encadraient une ancienne usine dont le toit s'était en partie effondré, entraînant avec lui le plateau d'un étage entier. Tomar, Francky et Rhonda avaient parcouru cinq cents mètres le long du chemin de terre pour rejoindre Bruchet et les hommes de la BRI postés à couvert derrière un muret. Ils observaient silencieusement la carcasse de béton figé dans ce décor postapocalyptique sous un ciel d'un gris uniforme. Plusieurs cris – « de femmes », fit remarquer Francky – leur parvinrent, et à nouveau quelques rafales d'arme automatique.

— Kalach, lâcha un gars de la BRI.

Tomar glissa le long du muret jusqu'à rejoindre le commandant Perez, une armoire à glace aux tempes grisonnantes et à la mâchoire carrée qui coordonnait l'assaut. Les deux hommes se connaissaient, ils avaient fréquenté la même salle de sport et combattu quelques rounds ensemble au club de Tomar. Perez était un flic solide, il l'avait prouvé à maintes reprises, et faisait partie de ceux qui avaient découvert le carnage du Bataclan en novembre 2015. Il lui avait raconté le silence de mort uniquement interrompu par les sonneries des téléphones portables. L'odeur insoutenable du sang sous ses semelles et la violence de l'assaut lorsqu'il s'était retrouvé face aux deux derniers terroristes avec une vingtaine d'otages entre eux.

— Ça s'est calmé, dit Perez en observant l'usine dans des jumelles avant de les tendre à Tomar. D'après moi, les assaillants sont peu nombreux.

Tomar régla les lentilles et balaya lentement la façade du bâtiment. Il observa une dizaine de fenêtres sans vitres tandis que le côté droit, là où le toit s'était effondré, se perdait en un immense tas de gravats. Il crut apercevoir une silhouette courir à l'intérieur et disparaître derrière un mur.

Une voix puissante rugit quelque chose en albanais ou en russe tandis que les coups de feu redoublaient d'intensité. Les hurlements de femmes résonnèrent à nouveau, et Tomar aperçut une fille en sous-vêtements sortir par la porte principale et partir en courant vers eux. Un homme aux cheveux blond platine en treillis militaire apparut derrière elle, pointa son arme avant de tirer deux balles coup sur coup. La fille fut projetée en avant par la force de l'impact et s'écrasa sur le sol à moins de vingt mètres du muret.

— Putain ! lâcha Perez en faisant signe à un de ses gars.

L'officier de la BRI se leva et épaula son fusil d'assaut. Une seconde dans le viseur lui suffit à fixer sa cible et une courte détonation plus tard la silhouette de Blondie s'effondra sans un bruit.

— On entre.

Les hommes de la BRI sortirent simultanément de leur abri et formèrent deux groupes avançant au pas de charge vers le bâtiment.

Tomar tourna la tête sur le côté et repéra Rhonda qui essayait de voir ce qui se passait. Il suivit dans les jumelles les colonnes qui se séparaient pour donner l'assaut par deux accès opposés. C'est alors que dans un coin de son champ visuel, une silhouette trapue et encapuchonnée de noir émergea du tas de décombres et glissa comme un chat vers l'extérieur de l'usine.

— Le Spectre ! hurla Tomar comme un gamin en tentant de le retrouver dans son viseur.

L'ombre apparut une fois encore. Elle avait visiblement aperçu les hommes de la BRI et progressait lentement pour ne pas se faire remarquer.

Tomar lâcha les jumelles et parcourut rapidement la dizaine de mètres qui le séparait de Rhonda.

— Baisse-toi, putain ! lui dit-elle en le foudroyant du regard.

— Il est là !

— Qui est là ?

— Le Spectre, il est dans le bâtiment… c'est lui qui les attaquait.

Tomar avait du mal à contenir son excitation.

Il se redressa et balaya une nouvelle fois la zone. Les deux colonnes venaient d'entrer dans l'usine et tous les hommes restés derrière le muret retenaient leur souffle, conscients que la tempête allait bientôt se déchaîner.

— Faut que j'y aille, sinon il va se barrer, grogna Tomar.

— T'es malade ! ils sont en train de donner l'assaut ! C'est toi-même qui as dit que…

C'est alors qu'un déluge de détonations commença à s'élever du bâtiment en même temps que des hurlements indéchiffrables. Rage, douleur, terreur, la furie des armes lourdes était en train de broyer les corps à l'intérieur du mausolée en ruine.

Tomar pivota sur lui-même et bondit au-dessus du muret pour se lancer à la poursuite de sa proie.

32

Il devait y avoir une cinquantaine de mètres entre lui et la position où il avait aperçu le Spectre pour la dernière fois. Sur sa gauche, l'entrée du bâtiment devant laquelle gisait le corps de l'homme abattu par le tireur d'élite de la BRI. Un peu plus haut, la jeune fille qui avait vainement tenté de s'échapper. Tomar remarqua qu'elle bougeait légèrement et grattait la terre avec ses ongles. Il se rapprocha et découvrit un visage d'adolescente dont les yeux verts semblaient le supplier de l'épargner. Un épais flot de sang sortait d'un trou creusé dans son flanc droit, à l'endroit où la balle avait traversé. D'après l'emplacement et l'aspect de sa blessure, il conclut qu'elle n'avait aucune chance de s'en sortir si elle ne recevait pas rapidement des soins. Tomar se redressa et fit un signe en direction du muret où stationnait encore le médecin de la BRI. Quelques secondes plus tard, un homme en tenue d'intervention progressait vers sa position pour venir le rejoindre. Sans prononcer une seule parole, il plaqua sa main contre la blessure et déplia un étui à seringue pour entamer la procédure de soins d'urgence. Les yeux clairs de la gamine fixaient ceux de Tomar avec gratitude. Elle bougea les lèvres sans réussir à produire le moindre son.

— Ça va aller, dit Tomar alors que le médecin lui injectait de la morphine dans la hanche.

Il tourna la tête vers les gravats et fut incapable d'apercevoir quoi que ce soit. À l'intérieur de l'usine, le chaos avait cessé pour laisser place à un silence encore plus oppressant. Il avait sauvé cette fille, mais le Spectre lui avait échappé. Tomar sentait la frustration lui contracter les omoplates, il aurait voulu crier ou frapper dans un sac pour relâcher la pression, mais il resta immobile à scruter le moindre tas de pierres, incapable d'accepter sa défaite. C'est alors que la silhouette noire surgit à l'extrémité du bâtiment et détala vers le champ de détritus. Tous ses muscles se raidirent d'un coup et Tomar se propulsa vers l'avant sans se soucier des tirs qui avaient repris de plus belle. Ses yeux fixaient sa cible alors qu'il redoublait d'effort pour réussir à réduire la distance les séparant. Son pied gauche heurta un bloc de béton détaché du mur, et une douleur violente lui parcourut le mollet. Mais Tomar ne s'en souciait pas. À cet instant précis, plus rien ne comptait que rattraper cette silhouette fantomatique qui les narguait depuis des jours. Il franchit un monticule de décombres et rejoignit le dernier endroit où il l'avait aperçu. Le Spectre n'était plus qu'à une centaine de mètres et s'échappait à vive allure en direction du chemin forestier. S'il arrivait à atteindre le bois, c'était terminé. Tomar transpirait à grosses gouttes, la crosse de son arme lui blessait la hanche alors qu'il accélérait encore pour rattraper sa cible. Devant lui se dressait un amas d'ordures et de déchets croupissant à l'air libre, il sauta au-dessus d'un canapé éventré et heurta du genou un vieux frigo couvert de rouille qu'il ne réussit pas à esquiver. La douleur l'obligea à réduire la cadence, mais il s'était rapproché et sa proie n'était plus qu'à une vingtaine de mètres devant lui. En levant la tête, il aperçut une longue ligne grillagée haute d'au moins trois bons mètres, clôturant cette partie de la décharge. S'il tentait de l'escalader, Tomar aurait forcément le temps de le rejoindre et peut-être d'engager le combat. Le Spectre parut tirer les mêmes conclusions, car il réduisit la vitesse alors qu'il approchait de la clôture et s'accroupit quelques secondes pour reprendre son souffle. Tomar avança jusqu'à lui et sortit son arme du holster, braquant le canon à hauteur de ventre. L'homme ne devait pas mesurer plus d'1,70 mètre, il portait un treillis militaire noir, une veste à capuche de la même couleur, et son visage était masqué par une cagoule. Tomar quitta le sol chaotique de la décharge pour rejoindre la bande de terre couverte d'herbe rase qui courait le long de la clôture.

— À genoux ! hurla-t-il alors qu'il se trouvait à trois mètres de sa cible.

L'homme lui tourna le dos et resta immobile.

— À genoux, je t'ai dit ! répéta Tomar en se rapprochant.

Le Spectre leva les mains en l'air et Tomar aperçut les gants renforcés de plaques de Kevlar, les mêmes que sur la vidéo. Ce connard ne bougeait pas d'un centimètre, il ne voulait pas lui obéir et il allait devoir le coller au sol *manu militari*. Lorsqu'il fut à moins d'un mètre, l'homme fit volte-face à une vitesse hallucinante. Ses bras levés passèrent au-dessus de celui qui tenait l'arme et le bloquèrent sous l'aisselle, si bien qu'ils se retrouvèrent front à front pendant quelques fractions de seconde. Tomar s'était fait avoir comme un bleu, il connaissait ce genre de techniques issues du ju-jitsu traditionnel. Toutes les écoles militaires les enseignaient, et il avait visiblement affaire à un expert. L'homme exerça une violente pression sur le coude de Tomar qui fut obligé de lâcher son arme. Heureusement, il avait eu le réflexe de suivre le mouvement pour éviter la fracture et il utilisa toute sa force pour repousser son assaillant devant lui. Le Spectre se tenait maintenant face à lui, les mains en garde basse, prêt à bondir. En le soulevant, Tomar n'avait senti aucun poids. C'était une panthère qu'il affrontait, un animal agile et rapide qui ne comptait pas sur la force pour vaincre. Tomar s'avança prudemment jusqu'à sa distance d'allonge et décocha un direct du gauche que son adversaire dévia sur le côté. Une douleur aiguë lui déchira les côtes. Du coin de l'œil, il aperçut la jambe que le Spectre ramenait derrière lui. Il venait d'encaisser le coup de pied circulaire le plus rapide qu'il ait jamais vu et d'une précision redoutable. À en juger par la brûlure, il devait avoir quelques côtes fêlées. Tomar serra les poings et tenta une autre manœuvre. Son adversaire était beaucoup plus rapide que lui, il ne fallait pas espérer le battre sur ce terrain. Tomar se remit à distance puis lança à nouveau son poing gauche, mais cette fois, il recula d'un pas avant d'enchaîner le droit. Il sentit les rangers lui frôler le ventre au même endroit que précédemment, mais son pas de recul l'avait mis hors de portée. Son poing heurta les côtes de l'homme dont le corps se plia sous l'impact. Il crut entendre un petit cri de douleur, mais sa victoire fut de courte durée car la silhouette pivota sur elle-même pour lui envoyer un coup de poing retourné qui produisit un claquement sourd derrière son oreille. Par chance et par instinct, Tomar avait décalé sa tête et le coup l'avait heurté sur la partie supérieure du crâne, beaucoup plus solide. Il sentit une pulsation brûlante lui envahir les tympans et un raidissement inquiétant dans les cervicales. Le Spectre était un prédateur redoutable qui frappait pour tuer et profitait de la moindre erreur. Malgré son poids et sa force, Tomar ne l'impressionnait visiblement pas. Il fit deux pas en arrière pour reprendre ses esprits et se dressa devant son adversaire sans chercher à attaquer le premier. Avec sa vitesse de bras et de pieds, le Spectre était un spécialiste du contre, il le lui avait prouvé à deux reprises et il n'avait aucune envie de le laisser recommencer. Ils se tournèrent autour, piétinant l'herbe brûlée par le froid. Le talkie de Tomar commença à grésiller. L'homme en profita pour attaquer, lançant un coup de pied de face. Tomar esquiva sur le côté et riposta immédiatement, réussissant à toucher son adversaire une nouvelle fois au corps par un direct puissant. Le Spectre accusa le coup, et Tomar y vit l'occasion de gagner le combat en augmentant la pression. Il avança pour bien se positionner, mais l'homme plia les genoux et d'une soudaine rotation de hanches, balaya la jambe arrière de Tomar qui perdit l'équilibre et s'écrasa violemment contre le sol. Son adversaire le dominait et frappa du talon de toutes ses forces dans le ventre de Tomar. Encore déstabilisé par sa chute, il fut incapable de recevoir l'impact et se courba de douleur, le souffle coupé. Sa vision se brouilla, et il porta instinctivement ses mains à son visage pour bloquer une éventuelle volée de coups. Mais le Spectre s'éloigna rapidement en direction des grilles. Tomar observa les alentours, son arme se trouvait à quelques mètres. Il roula comme il put malgré la douleur dans son bas-ventre et au niveau des tempes. Lorsqu'il réussit à saisir la crosse de son pistolet, le Spectre était déjà au sommet de la grille et basculait de l'autre côté la tête la première. Tomar fit un effort considérable pour se redresser et mettre l'homme en joue. Il aurait pu tirer ; vu la faible distance et son état général, il estimait ses chances de le toucher à soixante-dix pour cent. Il baissa néanmoins le canon de son arme et observa le Spectre disparaître dans la forêt à petite foulée. Son adversaire l'avait épargné lorsqu'il était à sa merci, ils étaient quittes. Mais ils se retrouveraient tôt ou tard, et cette fois Tomar ne ferait pas l'erreur de le sous-estimer.

33

Le groupe Khan se trouvait dans l'unique salle de réunion du 36, située au premier étage. Il y avait également Bruchet, ainsi que Perez et une bonne moitié des hommes de la BRI présents lors de l'opération. Les visages tendus trahissaient la déception et la fatigue. Certes, ils avaient réussi à neutraliser une grande partie du clan, mais Yuri et sa garde rapprochée leur avaient échappé. Et surtout, ils avaient découvert dans cette usine désaffectée une véritable maison de dressage. Des pièces insalubres aux sols jonchés de matelas où des filles étaient livrées au bon plaisir d'hommes de main payés pour les violer. Du matériel de torture digne du Moyen Âge pour les marquer comme des animaux et leur faire passer l'envie de se rebeller. Des disques durs remplis d'images sordides prises sur place et vendues sous le manteau aux pervers de toute la planète. Un véritable enfer. Alors oui, les visages des flics étaient fermés et douloureux, et ils savaient qu'ils n'oublieraient jamais cette descente. Malgré la rudesse des combats, la BRI ne déplorait que deux blessés légers et une demi-douzaine de criminels avaient été réduits au silence définitif. Ils avaient réussi à libérer quatre filles, dont deux semblaient venir d'Europe de l'Est et les deux dernières du Moyen-Orient. La jeune femme aux yeux verts était hospitalisée dans un état préoccupant et risquait de ne jamais recouvrer l'usage de ses jambes. Tomar se tenait à un coin de table, le visage tuméfié, les membres encore ankylosés par son combat. Il avait pris la parole quelques minutes plus tôt pour débriefer sa course-poursuite et la raclée qu'il avait reçue. Personne ne lui avait demandé pour quelle raison il n'avait pas fait usage de son arme alors qu'il était en mesure d'abattre sa cible. Les flics se comprenaient parfois très bien sans avoir besoin de parler. Après vérification de l'appel anonyme, ils étaient maintenant persuadés que leur mystérieux « indic » devait être le Spectre. Il les avait manipulés pour qu'ils lancent l'assaut sur l'usine. Mais à quelle fin ?

Francky avait sa propre théorie. Il pensait que Fantazmë était lui aussi un petit caïd, utilisant la police pour démanteler le clan de Yuri et prendre sa place. Il se trouvait sur les lieux lors de l'assaut pour observer les dégâts et il s'était sans doute retrouvé impliqué sans le vouloir. Ça paraissait cohérent, mais que venait faire là-dedans Assan et son tatouage de la police secrète ? Rien, d'après Francky qui pariait sur une victime collatérale, peut-être un intermédiaire du clan Yuri à faire disparaître. Les filles, il fallait bien que Yuri se les procure quelque part et un mec comme Assan pouvait avoir des contacts dans les réseaux de passeurs, vu son périple à travers l'Europe. Tomar ne décelait rien d'illogique dans sa théorie, pourtant il n'arrivait pas à imaginer l'homme qu'il avait combattu comme un simple criminel en quête de territoire. Il s'était retrouvé au sol, à sa merci, et l'autre l'avait épargné. Un mec comme Yuri aurait pris le temps de se payer un flic avant de quitter les lieux. Non, il y avait quelque chose de noble dans ce personnage qu'il n'arrivait pas encore à définir.

— C'est très intéressant, dit Tomar en massant sa tempe endolorie.

— Quoi ? répondit Francky.

— Ton histoire d'intermédiaire. Il y a peut-être effectivement un lien entre Assan et Yuri auquel on n'avait pas pensé. Bravo, Francky.

— Tu me fais des compliments, maintenant ? Je te préviens que si tu veux m'embrasser, c'est non !

Ils furent interrompus par la voix grave de Perez qui commençait le débriefing technique de l'assaut des gars de la BRI. Rédiger le procès-verbal de tout ça allait durer des jours et chaque détail avait son importance, surtout en cette période d'élections présidentielles où la moindre erreur policière était pointée du doigt, prête à être récupérée par un candidat ou un autre. En observant ses collègues se concentrer comme des écoliers pendant une dictée, Tomar se dit que pour rien au monde il ne changerait de métier.

C'est alors que la silhouette déplaisante de Belko entra dans son champ de vision. Appuyé contre le mur à l'entrée de la pièce, il fixait Tomar avec un sourire.

34

D'énormes blocs de pierre brune s'étalaient à intervalles réguliers sous le pont de La Chapelle. Ce cimetière de cailloux, dont l'emplacement stratégique à quelques centaines de mètres du centre de premier accueil empêchait toute installation durable des exilés, donnait envie de vomir à Tomar. Comment pouvait-on en arriver là ? Nier aux êtres humains jusqu'au droit de se protéger du vent et de la pluie. Détourner la fonction première de ces pierres, habituellement utilisées pour la rénovation des bâtiments parisiens, et en faire des sentinelles froides de la misère humaine. On ne voulait rien leur laisser, même pas un pont. Même pas la chaleur des corps qui se collent pour lutter contre le destin. Absolument rien.

Tomar pensa aux gamins qui occupaient sa chambre et il eut honte de ne pas avoir soutenu l'action de sa mère dès le début. Lui aussi, il s'était laissé envahir par le souffle glacé de l'indifférence. Lui aussi, il préférait voir des ombres diffuses là où se trouvait la réalité de la souffrance humaine. Des fantômes qu'on tentait d'oublier sans pouvoir nier leur existence. Il avait rappelé plusieurs fois la copine de Francky, sans succès. Si cette famille n'obtenait pas l'asile politique, ils retourneraient à la rue puis vraisemblablement dans leur pays vers une mort certaine. C'était comme ça, et personne ne se dresserait contre cette fatalité. Il avait comme un goût de fer dans la bouche et il se racla la gorge. Sa mâchoire le faisait encore souffrir, un large hématome s'était formé là où le Kevlar avait percuté son crâne. Il cracha par terre en s'attendant à voir un filet de bave ensanglanté, mais rien n'émergea de sa bouche, il avait la gorge sèche comme un lendemain de cuite.

Après le débrief, il avait demandé à Dino de lui dresser la carte des camps de réfugiés parisiens sur une période de deux ans. Vingt-neuf lieux démantelés depuis le printemps 2015 durant lequel les premières installations sauvages avaient fait leur apparition dans les rues de la capitale. Le nord de la ville était vite devenu le point de ralliement des derniers arrivants, qu'ils soient afghans, syriens ou africains, qu'ils aient emprunté la route des Balkans ou celle de la Méditerranée. Tomar avait fait le tour de tous les emplacements où rien ne subsistait en dehors des grilles aménagées par la mairie pour interdire toute tentative de réinstallation. Des espaces publics transformés en no man's land, perdus pour les réfugiés, perdus pour les Parisiens, perdus pour l'humanité. Au fur et à mesure de son parcours, il avait senti la colère monter. Ces filles, qu'ils avaient libérées dans la décharge, provenaient du commerce d'êtres humains. Certaines avaient connu les camps, le froid et l'indifférence quelque part en Europe ou au Moyen-Orient avant de finir dans cette maison de dressage à la sauce albanaise.

Il existait des brochures éditées par Interpol et tous les organismes de surveillance des flux migratoires décrivant avec précision ce commerce monstrueux. Mais savoir ne changeait rien. On les avait abandonnées à leur martyre en toute connaissance de cause. Tomar serra les poings alors que la silhouette d'un gamin traversait le boulevard pour rejoindre un groupe d'hommes à l'entrée du centre. Il avait montré la photo d'Assan un peu partout, sans résultat. Comment reprocher à ces gens de se méfier de lui ? Eux qui n'avaient connu de la police française que la brutalité de la matraque et l'odeur des fumigènes. Son portable vibra dans la poche intérieure de son blouson et la voix rocailleuse de Francky grésilla dans le micro.

— T'es toujours en vadrouille ?

— Je vais rentrer.

— Y a intérêt, la nana de la décharge s'est réveillée, grogna-t-il.

Elle s'est réveillée. Tomar voyait son visage tordu de douleur, ses yeux le suppliant de l'aider. Elle était sauve, c'était une petite victoire, mais une victoire quand même.

— Elle a dit quelque chose ?

— Rhonda est à l'hosto. C'est une Ukrainienne, elle s'appelle Kristina et elle parle bien anglais, mais le doc lui a pas laissé trop le temps d'approfondir.

Kristina… Mettre un nom sur une de ces filles rassurait Tomar. Les fantômes commençaient à prendre chair et l'indifférence à s'éloigner.

— Elle va s'en sortir ? questionna-t-il d'une voix hésitante. Deux balles de kalach dans le dos, c'était déjà un miracle qu'elle ne soit plus dans le coma.

— A priori, oui… mais pour ses jambes ils ne savent pas encore. Elle a parlé d'un certain *Fantazmë*… Elle dit que c'est lui qui l'a sauvée. Et il a essayé de libérer les autres filles aussi. Les Albanais voulaient lui faire la peau.

Une douleur furtive parcourut sa tempe. Il apercevait le Spectre penché au-dessus de lui alors que son corps venait de heurter le sol.

— Elle a vu son visage ?

— Non, juste une cagoule. Mais y a un autre truc…

Francky laissa passer quelques secondes pour faire monter le suspens, sa spécialité. Il l'imaginait installé à son Velux, une clope à la main.

— Dino a fouillé dans le dossier de Yuri, y a une série de photos prises à Stalingrad pendant une planque de la Mondaine. Il discute avec des mecs : visiblement, il leur achète des clopes de contrebande… et devine qui on a dans le lot ?

— Assan.

— Bingo Loto.

Une pluie fine commença à tomber et, après avoir raccroché, Tomar rangea son téléphone portable et fouilla dans ses poches à la recherche de ses clés de moto. De l'autre côté du boulevard, le champ de pierres se dressait à l'abri du pont. Quelques réfugiés tentaient d'en déplacer une sans grand espoir de succès. Elle devait peser dans les cinq cents kilos. Tomar enclencha le démarreur et se dit qu'il allait s'occuper de Yuri et de son réseau de salopards. Ce serait sa manière à lui de dynamiter ces foutues pierres. Une goutte d'eau dans l'océan de la misère humaine, mais déjà un début…

35

Cela faisait bien longtemps que Yuri n'avait pas ressenti une telle colère. Il en avait fait du chemin depuis son enfance à Tirana dont les quartiers populaires s'étendaient dans une cuvette au pied du mont Dajti. Son père, un simple cordonnier au salaire de misère, lui avait fait jurer de mener une « vie honnête », et il faut bien avouer qu'il avait essayé de le faire un temps. Mais c'était avant la guerre. Il avait combattu au Kosovo et buté pas mal de Serbes avant de décider de tenter sa chance en Europe. Tandis que certains de ses anciens camarades soldats s'étaient spécialisés dans le commerce d'organes en s'exerçant sur des prisonniers politiques, lui s'était associé à un Turc pour faire passer de l'héroïne vers les capitales européennes. Ils avaient prospéré ensemble quelques années puis Yuri s'en était débarrassé. Elle était loin l'époque du *Kanun*, le vieux code d'honneur qui régissait les clans albanais et exigeait – entre autres – le respect de la parole donnée. Yuri avait étranglé ce salopard de Turc de ses mains et épuré son réseau pour obtenir une allégeance complète. C'était à ce prix qu'il avait enfin réussi à former son propre gang. Une fois par mois, tous les clans albanais se réunissaient dans un comité, le *bajrak*, pour définir ensemble leurs domaines d'activité et les limites de leurs territoires. Yuri avait largué l'héroïne – trop contrôlée par les flics – pour le trafic d'êtres humains et la prostitution. Après tout, la route des Balkans utilisée par les Turcs pour refourguer leur came était la même que celle empruntée par ces crevards de réfugiés. Tout au long du chemin, il n'avait qu'à puiser parmi le cheptel de gonzesses apeurées et affamées. Parfois il n'avait même pas besoin de faire usage de la violence, elles acceptaient d'elles-mêmes, pensant pouvoir revenir en arrière – ce qui était impossible, bien entendu.

Bref, malgré des années de crime et de trahison, Yuri n'avait jamais ressenti une telle colère. Ce fantôme à la con venait de bousiller une maison de dressage qu'il s'était cassé le cul à mettre en place pendant des mois. Certaines de ses putes étaient mortes, d'autres entre les mains des flics avec pas mal d'informations compromettantes. Rien que les Français puissent directement exploiter, mais avec l'aide de ces fouille-merde d'Interpol, ils risquaient de retrouver certains passeurs dont l'expérience et la loyauté étaient précieuses pour son clan. Il avait également perdu six de ses hommes et une réserve de matos fournie par l'armée kosovare. Tout ça s'empilait et formait une montagne de merde dont l'odeur l'empêchait de dormir depuis une semaine.

Yuri serrait la crosse de son Glock 32 avec une furieuse envie de défourailler. La porte de la cave s'ouvrit brusquement et la tignasse décolorée d'Agim apparut dans l'encadrement, poussant devant lui trois hommes au visage déformé par la peur. Le géant leur fit signe de se mettre à genoux et envoya un coup de pied bien sec derrière la jambe de l'un d'entre eux pour le motiver. Yuri était toujours assis sur sa chaise, s'amusant à enclencher le chargeur de son arme dans lequel se nichaient quinze cartouches de calibre 357. Il observa quelques instants ces épaves humaines ramassées sur le trottoir parisien. Ils avaient tous l'air de vouloir se faire oublier et fixaient le sol sans un bruit. Celui qu'Agim avait frappé penchait la tête en avant, incapable de se redresser. Yuri laissa le silence s'installer quelques secondes avant de se lever pour se rapprocher d'eux.

— Vous savez pour quelle raison vous êtes là ? dit-il. *You know why you're here ?*

Il vit les têtes se pencher sur le côté, les prisonniers échangeaient des regards sans oser soutenir le sien. Celui qui portait une doudoune rouge commença à pleurer.

— On m'a dit que vous savez quelque chose sur un enfoiré que je recherche. Nous, on l'appelle Fantazmë… mais vous connaissez peut-être son vrai nom.

Yuri fit la traduction en anglais et Agim se chargea de l'arabe pour s'assurer que le message passait bien. Les trois hommes s'agitaient, échangeant quelques mots à voix basse. L'un d'entre eux releva la tête pour parler.

— Il dit qu'il ne sait rien. Il n'a rien à faire ici, traduisit Agim sans aucune émotion.

— Je comprends.

Yuri posa le canon de son flingue sur le front de l'homme. Une détonation assourdissante s'échappa de l'arme alors que la balle traversait les os, emportant avec elle une partie du visage, et allait se ficher dans le mur de la cave. Le corps se figea quelques secondes selon un angle contre nature avant de glisser le long d'un autre prisonnier. Les deux survivants hurlèrent, et Agim dut leur distribuer une série de coups dans le dos pour les calmer. Yuri se tenait droit, l'arme à la main, il essuyait à l'aide d'un pan de sa veste le sang sur le canon. Ce genre de munition n'était pas conçue pour tirer dans des espaces confinés et la déflagration avait dû rendre en partie sourds les hommes agenouillés se trouvant au niveau du canon.

— Vous non plus, vous ne savez rien ? hurla Yuri sans prendre la peine de traduire.

La parka rouge se tenait les oreilles en pleurant lorsque la seconde déflagration envoya valdinguer son malheureux camarade contre le mur de la cave. Celui-ci avait le crâne moins dur car sa tête avait explosé comme un melon, aspergeant les alentours de son cerveau réduit en bouillie. Agim fronça les sourcils en détachant une substance grise du haut de son pantalon. Yuri pivota sur le côté et vint se placer en face du dernier prisonnier dont le visage se redressa d'un coup. Alors que le canon du Glock se posait contre son front, l'homme commença à balbutier en arabe.

— Qu'est-ce qu'il baragouine ? demanda Yuri.

— Il dit qu'il sait, répondit Agim.

Yuri serrait la queue de détente avec l'envie irrépressible de lui exploser la cervelle, juste comme ça pour avoir un compte rond. Et puis il pensa à ses putes et aux milliers d'euros qu'il venait de perdre.

— On va écouter ce monsieur, dit-il en rangeant son arme.

36

Rhonda marchait d'un pas rapide sur le trottoir étroit du quai des Orfèvres en ruminant des pensées noires. Elle avait sa tête des mauvais jours. Ses cheveux étaient noués en un rapide chignon pour éviter d'avoir à les démêler, deux gros cernes soulignaient son regard et ses cervicales lui donnaient l'impression de peser une tonne. Il faut dire que depuis l'intervention dans la décharge, ses nuits se résumaient à un chaos de hurlements, d'explosions et de tirs à l'arme automatique. Les hommes de la BRI avaient l'habitude de ce genre d'opération, mais c'était la première fois qu'elle se retrouvait prise dans un combat digne d'une zone de guerre. Elle avait passé la journée d'hier à essayer d'interroger la petite Kristina aux urgences de l'hôpital militaire Bégin, et le récit misérable de cette gamine avait achevé de la plomber.

Rhonda faisait son possible pour mettre une distance et souder des plaques d'acier supplémentaires à sa carapace de flic, mais la cuirasse finissait toujours par se fissurer, particulièrement pendant la nuit, lorsqu'elle baissait la garde. Elle se dit que finalement, il y avait quelque chose de rassurant dans ses cauchemars, car ils prouvaient qu'elle était encore capable d'empathie. Se blinder tellement qu'on finissait par ne plus rien ressentir était un risque du métier, et ça signifiait généralement qu'il valait mieux tout arrêter.

Le froid perçant et sec du mois de janvier s'était radouci. Désormais régnait une humidité digne de celle d'un frigo dont on aurait coupé l'alimentation. Les silhouettes des passants – principalement des touristes en route vers la cathédrale Notre-Dame et le Quartier latin – se serraient sous des parapluies ou marchaient le long des murs pour éviter la bruine. Rhonda, elle, adorait la sensation de pluie sur son visage. Ça lui rappelait ses longues balades sur la plage d'Hermanville lorsqu'elle habitait encore chez ses parents dans la banlieue de Caen. L'eau ruisselait sur ses joues rosies par le froid et la lavait de toutes ces images de morts qui s'accumulaient dans sa tête de flic. Mais cette sensation de bien-être fut de courte durée : Antonin Belko l'attendait, immobile, sur le perron du 36. Avec son grand imperméable et son parapluie bleu électrique surdimensionné, il ressemblait vraiment à un clown. Rhonda sentit son estomac se nouer, elle détestait ce mec à un point viscéral. Cet homme était une vraie purge ! Il n'y avait qu'un seul moyen de rentrer de ce côté-là du bâtiment et elle était obligée de passer devant lui. Une seconde, elle pensa faire demi-tour et contourner le palais de justice pour rejoindre le quai de l'Horloge, mais vu la distance qui les séparait, il ne manquerait pas de s'en apercevoir. Rhonda prit son courage à deux mains et se prépara à affronter les yeux de serpent de Belko.

— Bonjour, lieutenant, dit-il de sa voix nasillarde.

Elle lui répondit par un rapide « Bonjour » et accéléra pour se mettre à l'abri sous le porche. Comme elle le redoutait, il lui emboîta le pas et passa le portique de sécurité derrière elle.

— Dites-moi, vous auriez un instant à m'accorder ?

Question faux-cul pour le maître du genre. Que pouvait-elle répondre d'autre que oui ?

— J'ai pas mal de taf ce matin, répliqua-t-elle en tentant une sortie.

— Ça ne prendra pas longtemps, fit Belko en lui posant une main sur l'épaule.

Il y eut un nouveau gargouillis dans son estomac lorsque les doigts poisseux de Belko effleurèrent le tissu de sa veste. Jamais personne ne lui avait fait cet effet-là. Ce mec la dégoûtait tellement que chaque atome de son corps semblait vouloir éviter tout contact.

— Je vous propose de nous mettre à l'abri, dit-il en lui faisant signe de le suivre.

Les locaux de la Crim se trouvaient de l'autre côté de la grande cour du palais de justice où la BRI entreposait parfois ses véhicules lourds. Le camion noir utilisé lors de leur opération était garé au milieu telle une sentinelle. Lenoir, un mec de l'équipe d'intervention qui la draguait depuis quelques semaines, lui avait expliqué qu'ils attendaient la livraison d'un nouveau modèle. Titus, un monstre de vingt tonnes d'acier blindé et de cinq cents chevaux capable de résister aux attaques balistiques, nucléaires, radiologiques, biologiques et chimiques. Rhonda avait fait semblant de s'intéresser à la fiche technique de l'engin pour lui faire plaisir, après tout ce gars venait de risquer sa vie pour sauver Kristina et les autres filles. Mais son esprit avait beau vouloir s'échapper, Belko continuait à la coller et ils arrivèrent bientôt sur le perron du bâtiment principal où ils étaient désormais à l'abri de la pluie.

Ils passèrent une porte et Belko s'arrêta sur le côté pour fermer son parapluie et fouiller dans sa sacoche en cuir élimé. Rhonda bouillonnait intérieurement. Qu'est-ce qu'il allait encore lui faire comme plan tordu ? Elle n'eut pas longtemps à attendre et saisit les trois feuillets agrafés qu'il lui tendait.

— Ce sont des résultats d'analyse ADN, dit-elle en scrutant le tableau où se trouvait une série de nombres exprimés en pourcentage.

— Oui, je les ai fait faire à mes frais par un labo privé.

Rhonda lut l'en-tête – *ADNProExpert* – et l'adresse quelque part en Belgique. Ses yeux parcoururent l'objet de l'analyse, mais il n'était fait mention d'aucun nom pour identifier les résultats.

— Vous ne me demandez pas à qui appartient cet ADN ? chuchota Belko avec une voix de conspirateur.

— Vous allez me le dire, non ? répondit-elle en s'attendant au pire.

— C'est le profil de votre commandant… Tomar Khan.

— Comment avez-vous eu son échantillon ?

— Secret professionnel ! Un magicien n'explique jamais ses tours.

Belko jubilait. Elle pouvait le voir à son sourire de crocodile, mais aussi à la manière dont il avait prononcé cette dernière formule. Il était fier de lui, ce con.

— Les tours de magie ne sont pas des procédures légales…, se contenta-t-elle de répondre avec dédain en lui rendant son feuillet.

— Mais je sais bien, lieutenant… par contre cela me permet de confirmer certains de mes soupçons. Comme l'identité de celui qui a laissé ses empreintes sur le couteau étoilé, par exemple, lâcha-t-il en reprenant son ton normal.

Mais tu ne pourras pas les retrouver ces empreintes, connard. Je les ai effacées du fichier moi-même, eut-elle envie de lui crier au visage.

— Bien entendu, je me suis heurté à un petit souci. Un « bug », dit-il en crochetant les doigts pour exprimer les guillemets, a effacé toutes les données de cette pièce à conviction qui a elle-même disparu de la réserve…

Et voilà, tu commences à comprendre. Tu n'as rien. Je te l'ai mis dans l'os et j'espère que ça racle bien au fond.

— Heureusement que le laboratoire de la préfecture garde parfois une sortie papier de ses résultats.

Rhonda eut l'impression de recevoir un coup de couteau dans le dos. Qu'est-ce qu'il lui chantait, là ? Le labo traitait des milliers de dossiers et ne conservait jamais ce genre d'analyses.

— Eh oui, ils ont eu une grosse panne informatique sur la période, donc ils ont été obligés de tout archiver sur papier… j'ai fait la demande officielle pour avoir un double des résultats.

Tomar était foutu. Avec ce double et l'analyse ADN qu'il venait de faire en Belgique, Belko avait toutes les pièces pour l'incriminer. La manière illégale dont il s'était procuré son ADN ne pèserait pas lourd quand il s'agirait de rouvrir l'enquête sur le meurtre de Müller.

— Vous êtes toute pâle, dit Belko en souriant.

Elle fut incapable de répondre quoi que ce soit.

— Vous savez, lieutenant, je vous trouve vraiment brillante. Je ne rigole pas, c'est la vérité. Alors je vous conseille de ne pas sabrer votre carrière en couvrant un flic véreux. Si vous cachez quelque chose, il faut me parler, maintenant.

Ce mec était une hyène. Il les avait attirés dans son piège et maintenant qu'ils agonisaient il allait dévorer la moindre parcelle de leur chair pour les transformer en charogne.

Belko se rapprocha d'elle et posa sa main sur la sienne.

— Je ne le dis pas souvent, mais vous êtes une très jolie femme… Ce serait dommage de…

Il n'eut pas le temps de terminer sa phrase. La main de Rhonda venait de lui échapper pour aller s'aplatir sur sa joue. Ses yeux perdirent toute confiance pour lui donner l'air d'un petit garçon humilié au milieu d'une cour d'école.

Rhonda se retourna pour rejoindre l'escalier central et le planta là, une belle trace rouge sur le visage. Elle venait de se faire un ennemi dangereux, mais Dieu que donner cette baffe lui avait fait du bien !

37

DANGER. Interdiction de marcher sur la glace. On ne voyait pas tous les jours ce genre d'écriteau le long des berges du canal Saint-Martin. La glace avait disparu avec le redoux, mais les panneaux blancs de la mairie de Paris restaient en place, au cas où le froid reviendrait pointer le bout de son nez.

— J'adore ce magasin, dit Ara en montrant à Tomar la façade colorée d'une boutique de déco du quai de Valmy.

Lui aussi aimait bien le quartier dans lequel vivait Ara. C'était un bon compromis entre la gentrification galopante sévissant un peu partout dans la capitale et les origines populaires de ses habitants. On y croisait aussi bien des petits troquets tenus par des Algériens, des Aveyronnais ou des Chinois que des cafés branchouilles façon *Bouddha Bar* ou des échoppes discrètes réservées aux foodistas. Le Xe arrondissement dans son ensemble était un melting-pot où tout le monde se côtoyait et se respectait sans trop de heurts. Et c'était là que les barbus illuminés de Daesh avaient décidé de frapper ce fameux soir du 13 novembre. Cet événement tragique faisait maintenant partie de l'histoire du quartier. La plaie était en partie refermée, mais la cicatrice resterait longtemps dans le cœur des habitants.

— Tu as des nouvelles ? demanda-t-elle alors qu'ils atteignaient l'entrée du jardin Villemin.

— Je l'ai rappelée cinquante fois, répondit Tomar en regardant ses pieds.

— Mais elle n'a pas eu tes messages, alors ?

— J'ai son portable privé, elle les a forcément eus. Mais ça ne doit pas être facile pour elle. C'est juste une interprète, elle ne décide rien.

Ara leva la tête vers l'entrée du parc mais poursuivit son chemin sur le trottoir.

— Tu ne veux pas aller faire un tour ? questionna Tomar.

— On va continuer tout droit et on reviendra par l'autre quai, ça me suffira comme tour.

Sa voix était un peu sèche, et Tomar se dit qu'elle était déçue.

— Ça se passe bien à la maison avec tes invités ? risqua Tomar avec le sentiment de marcher sur des œufs.

— Très bien… tu sais, je ne suis pas pressée qu'ils partent. Je m'inquiète pour leur futur. Une femme seule avec deux petits garçons… tu te rends compte, Tomar ?

Bien sûr qu'il se rendait compte. Son contact à l'Ofpra ne donnait pas de nouvelles mais ça ne l'avait pas empêché de se renseigner sur la suite des festivités en cas de refus. Nouria et ses fils seraient ballottés de centres d'accueil en refuges pendant des mois avant de se retrouver dans un charter lorsque tous les moyens légaux seraient épuisés.

— Oui, je me rends compte, dit-il à voix basse. Mais elle va me rappeler et je suis certain que ça va s'arranger.

Ara se tourna vers lui, et un joli sourire illumina son visage.

— Tu as raison, il faut garder espoir. Moi, tu sais, sans espoir, je ne serais pas ici avec toi… et toi non plus, d'ailleurs !

Elle lui prit une main et la serra avec sa poigne habituelle alors qu'ils rejoignaient l'arrière de la caserne de pompiers située en contrebas de la rue. Dans une centaine de mètres ils bifurqueraient à droite pour traverser le canal et redescendre par le quai de Jemmapes.

— Tu sais, quand je la regarde avec ses fils, ils me font penser à nous. (Sa voix s'était modifiée et ses joues devinrent soudainement plus rouges.) Quand on a été libérés de ton père, la vie n'a pas toujours été facile… Heureusement que tu étais là pour m'aider. Goran était trop petit, j'avais du mal à m'en sortir.

Tomar sentit sa gorge se nouer quand il aperçut une larme couler sur la joue de sa mère. Aussi loin qu'il se souvienne, il ne l'avait jamais vue pleurer malgré toutes les épreuves qu'elle avait endurées. Il pensait que son passé de combattante avait asséché ses larmes mais visiblement il se trompait. Il lui serra la main un peu plus fort.

— Tu nous as toujours protégés du mieux que tu pouvais, maman. Goran et moi, on t'aime très fort.

Ils s'arrêtèrent là pour se prendre dans les bras quelques secondes avant de continuer leur route en silence.

Tomar sentit son téléphone portable vibrer et constata qu'un numéro inconnu lui avait laissé un message. Ara accéléra le pas pour rejoindre la rue Louis-Blanc où la circulation était déjà dense au carrefour sous le métro aérien. Tomar dut mettre une main à son oreille pour entendre la voix fluette du docteur Cherqui lui annoncer qu'il avait reçu les clichés de son scanner cérébral et qu'il fallait qu'ils se voient rapidement.

38

Rhonda se tenait droite face au plan de travail de sa cuisine américaine. Elle avait quitté les locaux du 36 vers 18 heures en prétextant un rendez-vous avant de s'engouffrer dans le métro pour rejoindre la place Clichy. Tomar ne s'était pas pointé au bureau, et il ne répondait pas aux appels. C'était une journée de merde qui avait commencé par les menaces de Belko et ne semblait pas vouloir finir. Toute l'après-midi, elle avait phosphoré en boucle, espérant trouver la combinaison qui leur permettrait de se sortir de ce guêpier. Pourtant, toutes les hypothèses la ramenaient à la même conclusion : Belko les tenait entre ses griffes et, à en juger par sa proposition graveleuse, il allait faire durer le plaisir. Francky lui avait demandé plusieurs fois si ça allait, en la taquinant sur sa tronche d'enterrement, et Rhonda en avait conclu qu'il était urgent de quitter les lieux pour éviter de craquer devant ses camarades. Elle ne doutait pas de leur fidélité, mais elle refusait de les compromettre. Après tout, c'était son choix de couvrir Tomar. Un choix qu'elle avait fait par amour et qui risquait de lui coûter cher. Elle jeta un coup d'œil rapide à son téléphone portable. Rien. Aucun message, aucun SMS, il faisait le mort depuis le début de la journée sans aucune explication. Au fil des heures, l'agacement causé par ce silence commençait à se transformer en colère. Ce mec ne se souciait pas des autres et encore moins des conséquences de ses actes. C'était un animal solitaire dont les fêlures l'avaient séduite, mais pas au point de tout foutre en l'air sans raison. Ils formaient une équipe, bordel ! Pas seulement au boulot, mais aussi dans leur couple, ils devaient se parler, résoudre les problèmes, construire ensemble ! Comment pourrait-elle s'en sortir s'il s'entêtait à faire cavalier seul ? Rhonda ressentit une douleur au doigt et constata qu'elle venait de se taillader avec l'économe qu'elle utilisait pour éplucher une carotte. Elle le porta à sa bouche et observa la marmite en fonte dans laquelle une belle pièce d'agneau commençait à mijoter. La cuisine pouvait résoudre tous les problèmes : ceux du corps, mais aussi de l'esprit. Sa grand-mère maternelle le lui avait appris et elle savait de quoi elle parlait vu qu'elle avait dû nourrir son mari et ses huit enfants pendant l'Occupation. Son livre de recettes manuscrites avait été légué à sa mère qui le lui avait ensuite remis – cérémonieusement – avant son départ pour Paris. Rhonda avait rarement le temps de cuisiner à cause de ses horaires décalés et, il faut bien le dire, d'un certain manque de courage, mais elle adorait ça. C'était une manière de trouver la paix, une véritable méditation dont le souffle s'amplifiait au fil des étapes. Trier les ingrédients, les préparer, les associer, les cuire, un chemin qu'elle parcourait en ne pensant à rien. Et puis c'était aussi une preuve d'amour… Elle cuisinait rarement pour elle. Une sorte de don qu'on faisait à celui qui goûtait votre plat, un pacte scellé par les saveurs. Oui, *mais* cet égoïste de Tomar ne la rappelait pas et toutes ses foutues recettes n'y changeraient rien ! Pourtant elle lui avait clairement dit qu'il fallait qu'il arrête ses conneries. À quoi bon essayer de construire quelque chose avec un mec qui ne vous laisse aucune place dans sa vie ? Tomar ne savait partager qu'une seule chose : les emmerdes ! Rhonda sentit la colère monter d'un cran et se jura de ne plus se laisser entraîner. Elle l'aimait, oui, mais pas au point de tout sacrifier. S'il ne redressait pas la barre rapidement, elle serait obligée de prendre une décision pénible mais nécessaire. Il n'avait pas compris l'ultimatum ? Elle allait être beaucoup plus précise. Pourquoi pas dès ce soir ?

Il y eut un bruit de clés dans la serrure, et la silhouette massive de Tomar fit son apparition dans l'entrée. Son bombers était trempé par la pluie, l'eau ruisselait de son casque jusque sur le parquet sans qu'il ait l'air d'y prêter attention. Rhonda pensa à l'envoyer chier pour qu'il comprenne son état d'esprit, mais elle croisa son regard. Il y avait dans ses yeux quelque chose d'indéfinissable, qui lui coupa immédiatement toute envie de se quereller. Il se tenait immobile, les épaules voûtées. Il entra dans le salon et quitta son blouson avant de venir l'embrasser. Ses lèvres étaient froides et il émanait de lui une sorte de distance gênée qui la mit mal à l'aise.

— Qu'est-ce qui se passe ? demanda-t-elle d'une voix crispée.

Il ne parla pas tout de suite, mais lorsque ses mots commencèrent à résonner, Rhonda eut l'impression que la luminosité baissait dans la pièce et que ses oreilles se remplissaient de coton. Il lui raconta sa rencontre avec le docteur Cherqui et le coup de fil qu'il avait reçu alors qu'il se baladait avec sa mère. Il lui expliqua sa visite en urgence au cabinet du XVIe arrondissement et les clichés accrochés sur le panneau lumineux. Il y avait, quelque part au milieu de son cerveau, une petite tache noire. Une tumeur qui s'était développée lentement et commençait à lui grignoter le cortex. Il lui parla de l'épilepsie partielle et des examens complémentaires qu'il allait devoir faire pour vérifier si la tumeur était maligne. Elle l'écoutait, le ventre noué, le cœur serré, incapable de prononcer le moindre mot. Après quelque temps, il s'assit sur le canapé et étendit ses jambes.

Elle regarda le grand corps de cet homme et eut envie de lui sauter dessus pour l'embrasser. Des images morbides lui traversèrent l'esprit, mais elle les chassa. En cet instant précis, il était vivant et avec elle, et rien ne comptait davantage. Mais Tomar avait fermé les yeux et s'était endormi.

39

Un chaos de ruines grises et ocre écrasé par le soleil. Dans un coin, une série d'immeubles éventrés aux façades réduites à néant dévoilant les restes d'habitations désormais abandonnées. Entre les cadavres de pierre, la rue n'était plus qu'un amas de briques, de ferrailles tordues et d'objets calcinés. Une chaise de jardin en plastique blanc y reposait intacte, comme un petit miracle au milieu de l'Apocalypse, et sur cette chaise se tenait un homme. Tomar ouvrit les yeux et fut obligé de les refermer tant la lumière du soleil était forte. Une odeur de cendre et de bois brûlé lui envahit les poumons et déclencha une violente quinte de toux. Il attendit ainsi quelques secondes avant d'enlever les mains qu'il avait mises devant son visage et contempla le champ de bataille. Il était seul sur sa chaise, impressionné par la complexité et la précision du décor de son cauchemar. Rien ne manquait à cette scène de guerre nourrie par le flot d'informations stockées dans ses synapses. Cette ville pourrissante et déserte ressemblait à l'Alep aperçue au journal télévisé et sur la couverture des magazines. Mais elle ressemblait aussi à la Beyrouth dont sa mère lui avait fait le récit tant de fois. Elle était le visage de la guerre et de la mort, celle des innocents tués sous les bombes. Tomar finit par s'habituer à la luminosité et contracta ses muscles pour se lever de sa chaise. Il était installé au sommet d'un petit tas de gravats. Roi sur la colline du désastre. De son perchoir, il apercevait l'immensité de désolation s'étendre sur des kilomètres. Sur le côté, le dôme d'une mosquée s'était effondré comme une coquille d'œuf brisée. Un peu plus loin, une carcasse de voiture se tenait en équilibre sur le coin d'un immeuble. Quelle force avait pu la projeter là ? Quelle force pouvait lui permettre de rester ainsi ? Certainement pas celle de Dieu… Lui avait déserté les lieux depuis longtemps pour d'autres horizons, loin du cœur des hommes.

Tomar commença précautionneusement à descendre de son promontoire de béton et de ferrailles tordues. Le son de ses pas résonnait en une complainte sourde et lugubre, renforçant encore son sentiment d'isolement. C'était la première fois que ses voyages oniriques le menaient dans un tel endroit. Après le labyrinthe de son enfance et la forêt de sa culpabilité, allait-il se voir condamné à errer indéfiniment dans un champ de ruines ? *Ça ressemble pourtant à ta vie*, dit une petite voix qu'il fit immédiatement taire. Il avança lentement entre les sentinelles de pierre brinquebalantes jusqu'à atteindre le pied d'une montagne de gravats si haute qu'elle masquait le soleil. *As-tu remarqué que tu te retrouves toujours au pied d'une montagne ?* poursuivit la voix qui ressemblait désormais à celle de Bob. Tomar se retourna, mais fut incapable de l'apercevoir. *Condamné à parcourir le labyrinthe, à gravir la colline et la montagne… t'en as parlé à ton psy ?*

Il mit ses mains aux oreilles sans succès. *Il ne te manque plus que le rocher et ça ressemble à Sisyphe, non ? Moi je dis ça, je dis rien.* Ne pouvant échapper aux commentaires de son croque-mitaine, Tomar hurla de frustration. Il s'agrippa à une vieille poutre en acier pour entamer son escalade. Il s'écorcha les mains et les genoux en s'accroupissant pour trouver les bonnes prises et avancer vers le sommet. Derrière lui, la ville s'étendait à perte de vue avec, au loin, une chaîne de montagnes grises. L'ascension lui parut durer des heures et ses mains se transformèrent en plaies sanglantes mutilées par le verre brisé et les arêtes coupantes de l'acier. *Les stigmates du Christ,* dit la voix en pouffant de rire. *Tu te prends pour le messie, maintenant ?* Tomar avait abandonné sa lutte contre Bob. À défaut de pouvoir le faire taire, il l'ignorait mentalement. Quelques mètres au-dessus de lui, il aperçut le plancher en béton d'un appartement posé miraculeusement à plat sur les décombres. Il s'aida de ses avant-bras et de ses coudes pour grimper sur cette plateforme en équilibre au pinacle du désastre. De là, il avait une vue plongeante sur l'autre côté de la ville, l'autre côté de son cauchemar.

La montagne tombait à pic, comme une falaise artificielle, pour se jeter sur… rien. Tout l'espace face à lui était d'un noir profond. Pas le genre de noir qu'on pouvait reproduire avec des pigments – *un noir organique et vivant,* pensa-t-il en prenant la mesure de cet abîme. Il y avait quelque chose dans cet au-delà qui pulsait et lui donnait envie de sauter. Son passé était un champ de ruines, son présent une montagne aux arêtes acérées, mais son futur… C'était certain, ces abysses étaient fascinants. Pourquoi simplement ne pas s'abandonner à l'oubli, déposer les armes et se laisser gagner par la mort ? *Tu vas pas faire de conneries*, dit la voix gutturale de Bob. *On n'a pas fait tout ce chemin pour ça.* Et pourquoi pas ? Tomar avait le sentiment d'une guerre incessante qui avait commencé le jour de sa naissance. Une guerre contre le froid et la peur, une guerre contre son père, une guerre contre le crime… Il avait le droit au repos. Une fois déjà il s'était senti glisser vers l'abîme, mais Rhonda et le docteur Mathis l'avaient aidé à retrouver la lumière. À quoi bon ? Désormais il y avait la tumeur, marque d'infamie posée dans le crâne d'un parricide. *Posée par qui ? Tu n'as jamais cru en aucun dieu.* Bob avait raison… Tomar n'adhérait à aucun des dogmes, mais il croyait au sacrifice… à la rédemption, sa rédemption. *Alors, bats-toi…* et la voix disparut. Tomar s'assit sur la plateforme au-dessus des ruines et contempla une dernière fois les profondeurs insondables du gouffre avant de lui tourner le dos. Devant lui s'étendaient les vestiges chaotiques de sa vie. C'était là qu'il devait trouver son chemin. Il sentit tout son corps s'engourdir et la ville se vida de sa couleur. Lorsqu'il ouvrit les yeux sur la réalité, il aperçut le visage de Rhonda penché au-dessus de lui. Elle déposa un baiser chaud sur ses lèvres et l'abîme disparut.

40

Ambiance électrique au 36. Dans la matinée, un homme s'en était pris à un groupe de soldats de l'opération Sentinelle patrouillant dans les couloirs du carrousel du Louvre. Le forcené les avait attaqués en hurlant « *Allahou akbar !* », une machette dans chaque main, avant de se faire neutraliser par un tir de riposte. Un des militaires était légèrement blessé à la tête et l'assaillant se trouvait désormais en garde à vue à l'hôpital Georges-Pompidou où les médecins tentaient de le sauver. Les équipes de la section antiterroriste étaient sur le pied de guerre, on avait déjà tracé son parcours depuis Dubai et découvert l'adresse de l'appartement qu'il louait dans le VIIIe arrondissement. Depuis les attentats de 2015 et la mise en place de l'état d'urgence, ce genre d'attaque se multipliait. Personne n'avait oublié le collègue et sa femme égorgés devant leur petit garçon de trois ans à leur domicile de Magnanville en juin dernier. Le malaise s'était répandu peu à peu dans le cœur de toute la profession. Il était déjà difficile d'exercer ce métier sereinement, mais là, ils étaient devenus des cibles, et ça débordait même sur leur vie privée. Tomar se souvenait de ce capitaine de la BAC qui s'était retrouvé avec son adresse perso inscrite à la bombe sur le mur d'une cité, doublé d'un appel au meurtre. Et puis le danger ne venait pas seulement des criminels ou des illuminés de Daesh. Après la courte vague d'amour populaire post-Bataclan, la violence contre les forces de police s'était accrue. On ne comptait plus les guets-apens tendus dans les cités ou les CRS agressés en marge des manifestations par des bandes organisées et armées. On était passé des pavés aux cocktails Molotov et les images de fonctionnaires en flammes faisaient le tour des réseaux sociaux, choquant la plupart, mais galvanisant d'autres dans la haine. On ne voulait plus simplement s'opposer aux forces de l'ordre, on voulait tuer du flic. Tomar et ses hommes avaient beau ne pas travailler sur ce type d'affaires et ne pas arpenter le bitume, ils se sentaient solidaires des souffrances de leurs collègues et n'hésitaient pas à donner un coup de main à l'occasion.

C'était donc l'une de ces matinées plombées au ciel crépusculaire avec, en prime, une machine à café en panne foutant en rogne tous les flics de l'étage. Tomar et Rhonda étaient arrivés ensemble, ils avaient passé la nuit à discuter de Belko et de ses manœuvres avant de conclure qu'ils devaient simplement attendre de voir où cela allait les mener. Après tout, l'inspecteur de l'IGS fondait sa théorie sur des intuitions et des preuves obtenues illégalement, il y aurait sans doute un moyen de le contrer. Tomar n'en était pas persuadé, mais c'était le moindre de ses soucis. Le résultat de son scanner et la petite tache noire incrustée dans son crâne, voilà ce qui l'inquiétait réellement. Il en était à ce stade de marasme intellectuel lorsque Dino poussa la porte du bureau et se dirigea vers le tableau en liège pour y punaiser le portrait d'une femme. Elle devait avoir dans les trente-cinq ans, des cheveux noirs noués en chignon et un visage fin et dur. Tomar détailla ses yeux sombres et ce regard déterminé qui lui donnait un air fier.

— Je vous présente Fantazmë, dit Dino avec une pointe de jubilation. Interpol a été plutôt réactif sur le dossier. Ils ont fait matcher l'ADN de notre Spectre avec leur fichier et un nom est sorti en Allemagne…

Durant un silence interminable, les membres du groupe détaillèrent le visage de cette femme. Ils la revoyaient tous accroupis au-dessus du dealer albanais, le poing levé. Ils la voyaient dans la cave, torturant Assan, dans les ruines de la décharge, attaquant le camp à elle seule. Tomar en particulier se remémora le combat durant lequel il avait souffert dans sa chair.

— Dingue ! lâcha Francky. C'est sûr ? Y a pas d'erreur ?

— Sûr à cent pour cent. L'ADN matche totalement et la police allemande l'a retrouvé sur une scène de crime ressemblant beaucoup à celle d'Assan.

Tomar sentit monter en lui un flot d'adrénaline alors que la mémoire de leur confrontation lui revenait. Il n'avait pas réussi à la toucher souvent, mais il se souvenait de ce coup porté au ventre, le Spectre l'avait encaissé en souplesse avec l'agilité d'un félin. Ce n'était pas de s'être fait battre par une femme qui l'étonnait, mais de ne pas s'en être rendu compte.

— Elle a forcément un passé militaire, dit-il en se retournant vers Dino.

— Elle a déjà un nom : Rasha Al-Abed, de nationalité syrienne et membre des forces armées libres avant de déserter pour fuir son pays…

— Comment ils ont eu ces infos ? interrogea Rhonda en prenant des notes.

— Il y a plusieurs affaires similaires, genre règlement de comptes où son ADN ressort. Un caïd local dessoudé en Allemagne, un passeur turc égorgé en Italie, on a aussi un cas en Belgique… Elle a pas mal bourlingué en laissant une traînée de sang derrière elle et toujours dans le sillage des flux de réfugiés. Du coup, Interpol a lancé une cellule de recherche pour voir si elle n'était pas liée à un trafic d'êtres humains et ils ont chopé son identité par d'anciens militaires syriens.

Tomar observait le visage de cette femme avec intensité. Elle avait quitté son pays pour fuir le chaos, mais en semant la mort sur son chemin. Qu'est-ce qui pouvait la motiver ?

— Et ils ont trouvé des liens entre les victimes ? demanda Tomar.

— Aucun. Elle semble frapper au hasard et sans aucune logique particulière si ce n'est que ses proies sont toujours compromises dans un trafic illégal.

— Ici, c'est pareil, commenta Rhonda. Assan faisait du business avec Yuri et sa bande. Peut-être qu'il leur refourguait des filles ?

— Alors quoi ? C'est une justicière ? rebondit Francky.

— En tout cas, elle la rend, la justice, dit Tomar. Elle la rend pour ceux qui n'ont pas le droit à la parole.

— La justice et la loi…

— N'ont rien à voir, je le sais bien, continua Tomar. Sauf que ces gens ont parcouru des milliers de kilomètres contraints par la guerre. Ils ont tout perdu et, aujourd'hui, il n'y a aucune règle, aucune loi pour s'occuper d'eux. Un spectre vengeur au milieu des anonymes…

Dino fixait Tomar avec des yeux ronds. Il avait l'air de boire ses paroles comme celles d'un prophète. Le Spectre ressemblait à un superhéros de comics américain, justicier masqué et rédempteur dans la veine du Punisher. Sauf qu'ils se trouvaient dans le monde réel et que ce genre de personnage finissait généralement dans un centre pénitencier. Rhonda avait quitté ses notes pour se rapprocher du portrait.

— Une sacrée nana, cette Rasha, quand même, seule contre tous ! Il faut avoir les reins solides.

— Ou un moteur puissant. La vengeance, par exemple. Qu'est-ce qui l'a forcée à déserter ? On a des infos sur sa famille, ses proches ?

— Rien. Juste son nom et sa dernière affectation dans la banlieue de Damas. Ils n'ont visiblement rien trouvé sur sa famille.

Tomar jeta un coup d'œil en direction de Rhonda qui se tenait toujours face au tableau. Il pensa à sa mère : à trente ans, elle avait déjà combattu et frôlé autant la mort qu'elle l'avait donné. Cette femme n'avait rien à voir avec le commun des mortels. C'était une guerrière, et elle ne se laisserait pas capturer vivante. Il ne savait pas encore s'il avait vraiment envie de l'arrêter, mais ce qu'il savait déjà, c'est qu'il désirait par-dessus tout comprendre qui elle était.

41

Un goût de sang irritait sa gorge et une douleur oppressante au fond des sinus lui remontait jusqu'aux tempes. Elle s'était procuré une boîte de Doliprane chez un revendeur clandestin, mais le rhume qu'elle avait attrapé quelques jours plus tôt refusait de la lâcher et menaçait de s'aggraver. Rasha avait rejoint un square du XIIIe arrondissement, tout proche de la porte d'Italie, pour se reposer un peu. Elle évitait le nord de Paris où se trouvaient la plupart de ses compatriotes et préférait se mélanger aux clochards « français ». Depuis le début de son *budo*, nombre de gens la recherchaient, et il ne fallait surtout pas qu'elle leur facilite la tâche.

Elle s'était assise sur un banc et regardait un petit groupe de femmes papotant autour de poussettes pendant que des enfants en bas âge s'amusaient sur un portique. Elle avait retiré sa capuche et la cagoule d'intervention était roulée en boule au fond de sa poche. L'air frais sur son visage atténuait la douleur et elle passa une main dans ses cheveux pour essayer de les démêler malgré la crasse.

Un gamin d'environ quatre ans quitta le bac à sable et se dirigea tranquillement vers la grille en acier donnant sur le trottoir et la circulation parisienne. Rasha regarda déambuler maladroitement ce petit bout d'homme qui avait échappé à la vigilance de sa nounou et sentit des larmes lui monter aux yeux. Une douleur fulgurante lui brûla le cou à l'endroit où se trouvait une épaisse cicatrice circulaire. Elle se leva pour venir prendre la main du petit garçon et le ramener vers le groupe de femmes. En guise de remerciements, elle reçut quelques regards inquiets et d'autres pleins de pitié. Une fille plus grande que les autres avec de jolis cheveux noirs coupés au carré ouvrit son portefeuille et lui tendit une pièce de monnaie. Rasha refusa d'un geste poli et retourna s'asseoir à sa place.

Elle savait qu'elle avait tort de ne pas prendre cet argent, mais depuis son départ elle ne pouvait se résigner à mendier. Elle se rappelait son enfance à Damas. Son père médecin, sa mère peintre, leur jolie maison entourée d'oliviers. L'aisance du foyer familial lui permettait de se consacrer à sa passion pour les arts martiaux. Elle se souvenait des séances d'entraînement dans la fournaise de son dojo sur les hauteurs de la ville. Les compétitions de ju-jitsu qu'elle gagnait facilement jusqu'à intégrer l'équipe nationale et rêver de participer aux Jeux olympiques. On lui avait demandé de rejoindre l'armée en novembre 2011 lorsque les premières manifestations commencèrent à secouer le pays. Elle avait d'abord hésité et le pillage de sa maison par un groupe d'insurgés avait fini de la convaincre. Son père voulait fuir en direction d'Afrin, à mi-distance de la frontière avec la Turquie, mais elle ne pouvait pas se résigner à quitter sa ville et ses amis. Et puis les combats s'étaient intensifiés et sa hiérarchie avait ordonné de tirer sur la foule. Elle avait refusé net, comme elle venait de refuser cet argent.

La suite, Rasha préférait éviter de trop y penser, la chair gonflée de son cou se chargeait suffisamment de le lui rappeler. Elle n'avait jamais revu ses parents ni sa famille. D'après les informations qu'elle avait pu récolter, ils avaient coulé quelque part au large de la Turquie, alors qu'ils tentaient de rejoindre la Grèce sur une embarcation de fortune. Elle se souvenait du jour où elle avait décidé de ne plus penser à eux pour éviter de sombrer dans la folie. Elle en avait vu des hommes et des femmes perdre la raison au fond de leurs cellules ou sur le bitume des villes qu'ils avaient eu tant de mal à rejoindre. Elle ne voulait pas baisser la garde, abandonner le combat qu'elle s'était fixé. Son *budo* nécessitait une vigilance de tous les instants et elle ne devait jamais se relâcher, c'est ce que son *sensei* appelait le *zanshin*. Un jour, elle tomberait les armes à la main, c'était son destin de guerrière et elle l'acceptait. Mais, d'ici là, elle leur ferait payer durement, aussi durement qu'elle le pourrait.

Rasha sentit un spasme dans sa gorge, et elle éternua bruyamment, évacuant un flot de morve jaunâtre du fond de ses sinus. Elle s'essuya avec un mouchoir improvisé dans un carré de tissu, et son portable commença à vibrer dans sa poche. Cet appareil était le seul lien qu'elle avait gardé avec le monde extérieur. Entrave nécessaire à ses mesures de précaution, il lui permettait de recevoir des informations des rares personnes en qui elle avait encore confiance. En le sortant de sa veste, elle aperçut la bulle blanche d'un SMS sur l'écran principal. Un lieu et une heure de rendez-vous pour récupérer quelques affaires et peut-être des antibiotiques pour soigner cette crève. Rasha quitta le square, laissant les enfants et leurs mères derrière elle. Le petit garçon la regarda partir en souriant et leva une main enthousiaste, mais Rasha avait déjà disparu.

42

La ligne 7 du métro l'avait menée jusqu'à la station Riquet pour rejoindre le quai du bassin de la Villette. En avançant en direction du parc, on croisait une passerelle en ferraille grise que Rasha imaginait avoir été conçue par Gustave Eiffel tellement elle ressemblait aux structures de la célèbre tour. On y accédait par un petit escalier rouillé débouchant sur une clôture de deux mètres sur laquelle un écriteau « passage interdit » servait de brouillon à des générations d'apprentis tagueurs. La passerelle était en réalité destinée à l'ancienne ligne de chemin de fer ceinturant la capitale et dont l'accès était défendu au public.

Rasha prit appui sur un épais garde-corps et se propulsa souplement au-dessus de la grille pour retomber de l'autre côté. Face à elle s'étendait une longue bande de rails rongés par la végétation et zigzaguant entre les immeubles. Elle avait l'habitude de rencontrer ses informateurs dans cet endroit désert fréquenté par quelques rares clochards. Au bout d'une centaine de mètres, la coulée verte entamait une courbe vers le sud et le parc des Buttes-Chaumont. Rasha savait qu'elle allait atteindre une gare abandonnée et un long tunnel où s'accumulaient des kilomètres de câbles croupissant dans l'obscurité. Un jour, elle avait croisé une bande de gamins rampant sous une dalle pour rejoindre le réseau des catacombes dont il subsistait quelques entrées dans le secteur. Elle n'avait jamais osé y descendre seule, l'idée de se retrouver enfermée dans le noir, incapable de se repérer, lui rappelait trop son enfer personnel.

Il y eut un sifflement et Rasha aperçut la silhouette de Mahmoud, un jeune garçon originaire de Raqqa qui avait fui sa ville lorsqu'elle avait été prise par l'État islamique. Ils s'étaient rencontrés à Berlin avant de rejoindre la France ensemble. C'est là que Mahmoud avait découvert la mission que Rasha s'était donnée et il l'avait aidée à se débarrasser d'un sale petit trafiquant qui écoulait sa came frelatée auprès des enfants des camps.

Mahmoud faisait des grands gestes de la main. Avec sa parka rouge, il ressemblait à un panneau de signalisation mettant en garde les passagers de l'arrivée imminente d'une locomotive. Rasha ne comprit la situation qu'à une dizaine de mètres de lui, lorsqu'elle put voir les traits de son visage. Le gamin avait un œil gonflé, une lèvre fendue et l'air désolé d'un traître. Elle se jeta sur le côté juste à temps pour éviter une rafale d'arme automatique. La tête de Mahmoud explosa en une longue gerbe de sang avant que son corps ne s'écrase sur le sol. Il était trop tard pour lui, mais Rasha pouvait encore sauver sa vie. Elle rampa droit devant elle vers un plot en béton, le meilleur abri possible vu la situation.

Un coup d'œil vers Mahmoud lui permit d'évaluer les dégâts. Il y avait au moins trois hommes armés. Deux étaient planqués en retrait de la position du corps de son indic, le dernier avait dû escalader la grille derrière elle et se trouvait sur sa droite à moins de cinquante mètres. Elle n'avait pas d'arme hormis deux couteaux de combat et un vieux pistolet de détresse. Le fusil d'assaut qu'elle s'était procuré avec toutes ses économies était resté dans les ruines de la décharge.

Il y eut une courte déflagration et un éclat de béton vola au-dessus de sa tête. Ils savaient précisément où elle se trouvait et, étant donné qu'elle ne ripostait pas, ils n'allaient pas tarder à comprendre qu'elle n'était pas en mesure de le faire. Rasha ne disposait que de quelques secondes pour élaborer un plan. Sa seule chance était d'atteindre la grille située sur la droite et de se propulser vers l'extérieur de la voie de chemin de fer. Une fois dans les rues parisiennes, elle n'aurait aucun mal à les semer. Mais deux soucis demeuraient. Le premier était qu'un des assaillants se trouvait entre son objectif et elle. Le second, qu'elle n'avait aucune idée de ce qu'il y avait derrière les grilles. Elle pouvait très bien faire une chute de quinze mètres et terminer son parcours le crâne explosé sur le bitume. Mais c'était un risque à courir.

Elle prit la crosse de son pistolet à pleine main et arma son unique fusée éclairante dans le canon. De l'autre, elle saisit un de ses couteaux et positionna le second dans un étui à sa ceinture. Rasha attendit qu'une salve de tirs vienne abîmer son bouclier en béton avant de se lancer. D'une contraction rapide, elle pivota et visa en direction des deux hommes. Elle eut juste le temps d'apercevoir la silhouette noire qui s'approchait sur son côté droit. La fusée traça à toute vitesse, dépassant le corps de Mahmoud avant d'exploser en une gerbe de flammes rougeâtres. Elle avait peu de chance de faire le moindre dégât, mais elle comptait sur l'effet de surprise pour créer une diversion. Dans le même temps, elle se propulsa sur sa droite et leva son bras armé du couteau en direction de l'homme qui était en train de la braquer. La lame quitta sa main au moment où les premières balles étaient éjectées du canon de la kalach. Rasha se jeta en avant et fit une roulade, priant pour que son geste n'ait pas perdu de sa précision.

Alors qu'elle se redressait, elle vit le colosse aux cheveux peroxydés se plier en deux pour retirer la lame de sa cuisse. Sans arrêter sa course, elle saisit le second couteau et entama un arc de cercle avec le tranchant pour s'assurer le maximum de dégâts. En la voyant se jeter sur lui, l'homme tenta de redresser le canon de son arme, mais l'acier affûté de la lame lui avait déjà coupé deux doigts avant de trancher un bon morceau de chair au niveau du cou. Rasha jugea qu'elle avait fait suffisamment de dommages pour qu'il soit hors d'état de nuire et continua sa course vers la grille.

C'est là qu'une série d'impacts soulevèrent le gravier autour d'elle. Les deux autres devaient se trouver à moins de cent mètres. Si l'un d'eux était un tireur d'élite, elle aurait déjà dû être morte, il lui restait donc une microscopique chance d'atteindre la grille et d'échapper à ce piège. Elle contracta encore les muscles de ses cuisses pour accélérer. Cinq mètres, quatre, trois, deux… Elle se jeta sur l'obstacle, avalant le premier mètre par la puissance de son bond. Ses doigts accrochèrent la moindre prise pour se propulser vers le haut. Mais une brûlure lui déchira la hanche alors qu'une balle venait de la transpercer. Elle sentit ses forces l'abandonner et ses doigts menacèrent de céder. Si elle retombait sur la voie ferrée, ils l'abattraient d'une balle dans la tête. Toutes ces années d'entraînement, toutes ces souffrances pour rien. Était-ce pour finir comme ça qu'elle était revenue d'entre les morts ?

Un jet d'adrénaline fit disparaître la douleur et elle se projeta vers le sommet de la grille, découvrant en contrebas le bitume de la rue. Elle fit une chute de cinq mètres, essayant d'aligner son bassin et de plier les jambes pour amortir le choc. Mais la collision avec le sol fut si violente qu'elle prit son propre genou sous le menton et entendit un craquement au niveau de sa mâchoire. Son corps criait au désespoir, mais son esprit était encore sur la passerelle. Les hommes allaient rejoindre la grille et ils n'hésiteraient pas à tirer, même au milieu des quelques badauds qui la regardaient avec des yeux apeurés. Rasha hurla de souffrance en se redressant et progressa le plus vite possible pour traverser la rue. Quelques minutes plus tard, elle diminua son allure lorsqu'elle fut certaine que ses assaillants avaient laissé tomber. Elle s'en était sortie pour cette fois, mais sa hanche la brûlait et une longue traînée de sang commençait à imbiber le tissu de son pantalon. Elle lutta encore quelques minutes avant de s'asseoir sur le trottoir et de perdre connaissance…

43

Une demi-heure plus tard, les premiers flics en uniforme rejoignaient la zone suite aux nombreux appels qui avaient signalé la fusillade. Deux victimes, dont une criblée de balles et l'autre de coups de couteau, abandonnées en plein air sous les fenêtres des riverains : ce signalement n'avait pas éveillé l'attention de Tomar jusqu'à ce que les identités tombent. Un des hommes n'était répertorié dans aucun fichier, mais le second appartenait au clan de Yuri Baris et ça ne pouvait pas être un hasard. Le groupe Khan s'était déplacé en meute pour rejoindre la scène de crime. Un exercice périlleux nécessitant d'escalader un parapet en béton avant d'atteindre le mur de grillage dans lequel les premiers arrivants avaient découpé un accès à la pince. Francky s'était fendu d'un « putain ta mère » en accrochant sa veste en jean sur la ferraille, puis il avait rigolé au spectacle de Dino faisant l'équilibriste sur le muret, aussi à l'aise qu'un éléphanteau sur un fil. Le décor de cette ancienne voie ferrée oubliée entre les immeubles parisiens avait quelque chose de surréaliste et conforta Tomar dans l'idée qu'il existait bien un monde parallèle avec ses lieux, ses habitants et ses fantômes. Un monde que la plupart des gens refusaient de voir, mais qui s'insinuait dans les interstices de notre réalité comme la mousse dans du ciment fissuré.

Une équipe de la police scientifique était déjà arrivée sur place et tapissait les alentours de chevalets orange. Numérotation des corps, bien entendu, mais également des marques de sang, des douilles et, plus à l'écart, d'une série de traces moins précises. Le premier scénario des événements commençait à émerger. Il y avait d'abord eu l'exécution du type en parka rouge – Rhonda avait l'impression de le connaître, mais ne savait plus trop où ils s'étaient croisés – et puis les tirs avaient redoublé d'intensité en direction des grillages autour d'un muret en béton criblé d'impacts. Un peu plus loin se trouvait le corps du sbire de Yuri, un couteau planté dans la cuisse et la gorge tranchée. Et pour finir, les techniciens de la PST prélevaient des traces de sang à deux mètres de hauteur sur le grillage.

— Ça sent le règlement de comptes, chuchota Francky en s'agenouillant pour observer une douille pas encore saisie par les officiers de la PST.

— Oui… mais en plus compliqué. On a ce type qui se fait plomber… Mais on a aussi un fuyard qui réussit à se débarrasser de l'Albanais avant de foutre le camp, répondit Tomar.

— Et il a fait ça au corps à corps… ça ne vous rappelle rien ?

— Ça serait notre Spectre ? interrogea Rhonda. Elle leur a tendu une embuscade, alors !

Tomar pivota sur lui-même pour avoir un regard circulaire sur la scène de crime.

— Je pense plutôt qu'elle est tombée dans un piège. Elle n'avait aucune voie de sortie ici. C'est sûrement elle qui a grimpé là-haut, dit-il en pointant la zone où se trouvaient les derniers chevalets.

— Donc ils l'ont plombée, fit remarquer Francky.

Tomar avança d'un pas rapide vers le groupe d'officiers réunis autour du corps de Mahmoud et échangea quelques mots avec eux avant de revenir avec une longue pince. Il fit signe aux autres de le suivre et découpa une fente dans le grillage à quelques mètres du passage que Rasha avait escaladé. Il y avait une étroite bande de pierre et un mur de trois mètres donnant sur le trottoir. Ils furent obligés de faire le tour pour descendre jusqu'à l'endroit où elle avait chuté en laissant une large flaque de sang.

— Du sommet du grillage, ça doit bien faire dans les cinq mètres, fit remarquer Francky. Elle est increvable, cette nana !

— Ou alors ils ont récupéré son corps, proposa Dino.

Tomar traversa la rue pour rejoindre le trottoir opposé, s'agenouillant de temps à autre pour suivre une fine traînée de gouttelettes rouges. Ça commençait à faire beaucoup de sang, trop pour s'en sortir comme si de rien n'était. La piste continuait sur au moins cent mètres avant de bifurquer dans une ruelle étroite. On pouvait sentir la pression monter alors qu'ils s'attendaient presque à voir surgir leur Spectre, prêt à en découdre.

Tomar pointa du doigt une flaque épaisse sur le marchepied d'un immeuble.

— Elle s'est assise ici… et assez longtemps visiblement.

— Après la chute et au moins une bastos dans le corps, on peut comprendre, commenta Francky.

— Venez voir ! lança Dino un peu plus loin dans la ruelle.

La piste sanglante continuait jusqu'à se perdre sur une portion de bitume mouillé où se trouvait une boule de tissu abandonnée sur le côté. Tomar saisit précautionneusement la cagoule et la déroula pour faire apparaître le visage noir du Spectre.

— Quelqu'un l'a traînée jusqu'ici, lança Dino en observant les larges traces formant une bande de sang depuis le perron.

Tomar regarda les orbites vides de la cagoule et sentit une pointe d'amertume l'envahir. Le Spectre avait perdu son masque et avec lui l'aura d'invincibilité qui l'entourait. Elle était seule, blessée et visiblement entre des mains mystérieuses. Tomar espérait juste que ce n'était pas celles de Yuri.

44

Deux longues lignes de voitures et une file de motards entre les deux : roulette russe quotidienne du périphérique parisien. Tomar avait passé la journée à ressasser les informations qu'ils avaient sur Rasha Al-Abed. Il avait convoqué ses collègues des Stups et la brigade de répression du proxénétisme pour mettre en commun leurs tuyaux. Rasha se retrouvait avec le boss d'un clan d'Albanais aux fesses et, combattante ou pas, son espérance de vie était limitée. Il fallait remuer tout le réseau d'indics, chercher tous azimuts jusqu'à comprendre où le Spectre s'était une nouvelle fois évanoui. Tomar donna un quart de tour sur la poignée de l'accélérateur et le moteur se mit à rugir, le propulsant à toute vitesse entre deux voitures. Il n'était pas obligé de prendre le périphérique pour rentrer chez lui, mais ça l'aidait à se concentrer. De temps en temps, il se faisait une bonne petite infraction vers 2 heures du matin, lorsque le magma de la circulation parisienne s'était enfin tari. Les Lapi, lecteurs automatiques de plaques d'immatriculation équipant les radars de la capitale, étaient capables de capter une infraction par seconde jusqu'à 160 kilomètres à l'heure. Il connaissait leur emplacement par cœur, et il lui suffisait d'accélérer pour brouiller les pistes.

Le visage sombre de la Syrienne le hantait depuis son cauchemar dans les ruines d'Alep. Tomar se sentait connecté à sa proie d'une manière très différente de ses enquêtes précédentes. Cette fille n'était pas un monstre ou une brute épaisse qui tuait pour des raisons égoïstes, elle menait une quête de vengeance transcendant sa simple vie. Une étiquette de justicière que Tomar serait mal placé pour dénigrer vu ses états de service. La Triumph s'engagea sous un tunnel et il mit son clignotant pour attaquer la rampe de sortie de la porte de Vincennes. Une fois le rond-point dépassé, il grimpa sur le trottoir au pied de son immeuble et roula une centaine de mètres avant de se garer dans un recoin à côté de deux scooters. Sa résidence de la rue Bernard-Lecache abritait au rez-de-chaussée un grand traiteur Lenôtre dont les néons colorés éclairaient tout le pâté de maisons. Sur le boulevard d'en face, on apercevait des grilles en fer de sécurité et un peu plus loin l'enseigne *Hypercacher* où un abruti dont il préférait oublier le nom avait fait cinq morts. Après avoir placé le U sur sa roue arrière, Tomar se dirigea vers le porche situé en face des murets de protection du périphérique. C'est à ce moment qu'il remarqua la silhouette de l'homme qui l'attendait à l'entrée de son immeuble. Belko se tenait dressé dans son imperméable gris, droit dans ses bottes, avec l'air d'un mec qui bande ses muscles pour se donner du courage. Pas besoin d'avoir un instinct de flic pour comprendre qu'il était venu en découdre, et Tomar se dit qu'il avait de l'audace pour le défier ici.

— Commandant, lança-t-il avec une voix de faux jeton. Pardonnez la procédure inhabituelle, mais je devais vous parler en privé. Je peux ?

— Ai-je vraiment le choix ?

— Bien, alors voilà, je ne vais pas être long. J'ai comparé votre ADN à celui retrouvé sur le manche du couteau dans l'affaire Müller… ils sont identiques à 99,8 pour cent… Vous savez ce que cela signifie ?

Belko se tenait penché vers Tomar comme un vautour attendant de dévorer sa proie. Au moindre signe de faiblesse, il attaquerait avec son bec crochu en commençant par les yeux.

— Ça ne signifie rien. Vous avez obtenu ces résultats illégalement.

— C'est exact, mais je connais quelques juges qui ne se laisseront pas duper par ce genre de détail. Finalement, nous sommes un peu pareils tous les deux, on n'hésite pas à prendre des libertés pour arriver à nos fins.

Dans la semi-obscurité de la rue, ses yeux de serpent semblaient luire de plaisir et d'excitation. Ce mec jubilait de voir Tomar se tortiller dans la cage qu'il lui avait construite. Le visage de Marie-Thomas Petit, la sociopathe croisée l'année précédente, lui revint subitement en tête. Belko n'en était pas si loin…

— Nous ne sommes pas pareils, non… Vous êtes un planqué dont le job est de casser du flic, répondit Tomar.

— On me le dit souvent, mais sachez que je m'accommode très bien de ça. Surtout quand j'arrive à faire tomber une prétendue figure comme vous. Le commandant Khan, le pitbull qui ne lâche rien avec son instinct de limier et ses méthodes expéditives. Vous êtes la police du passé, celle que nous voulons éradiquer.

Tomar sentit une envie irrépressible de lui coller son poing au milieu du visage. Il pourrait lui briser les os du nez, histoire de laisser un souvenir. Ça lui vaudrait sans doute une lourde amende et peut-être même un peu de prison… Mais c'était très tentant et il n'était plus à ça près.

— Voilà, je voulais vous dire ça en face et vous avertir également que je vais poursuivre le lieutenant Rhonda Lamarck pour complicité de meurtre et vol de pièces à conviction.

Tomar sentit toute envie de cogner disparaître. Ce mec était une ordure et il pouvait jouer avec lui tant qu'il voulait, mais pas avec Rhonda…

— Rhonda ? Je ne sais pas de quoi vous parlez. Elle n'a rien à faire dans cette histoire.

— Nous verrons, dit-il avec un petit sourire en coin.

Tomar l'attrapa alors par le pan de son imperméable et le colla violemment contre le mur de la résidence.

— Tu vas lui foutre la paix, pigé ! hurla-t-il en perdant tout contrôle.

— Des menaces ? Vous me décevez, commandant.

En une fraction de seconde, Tomar se dit qu'il serait facile de lui cogner la tête contre le béton. D'écraser son petit crâne de fouille-merde et de se débarrasser du corps dans une benne à ordures. Belko le poussait dans ses retranchements, attendant patiemment qu'il franchisse les limites, même si pour cela il devait mettre sa vie en péril.

— Finalement, vous êtes comme je vous imaginais. Une bête qui se donne des airs respectables. Vous me dégoûtez.

Tomar lâcha son étreinte et Belko se dégagea, massant son cou à l'endroit où le tissu l'avait étranglé.

— Adieu commandant, on se reverra au tribunal, dit-il en se dirigeant vers l'avenue.

Tomar le regarda partir et resta quelques minutes immobile sous les néons du traiteur. Il était arrivé au bout du chemin, il allait devoir payer pour ce qu'il était. Et puis le visage lumineux de Rhonda se superposa à ses idées sombres. Il n'allait pas baisser les bras. Il allait se battre pour elle, s'il ne le faisait pas pour lui. Il y eut un vrombissement de moteur et Tomar sortit de sa torpeur. Il était temps de dormir, la nuit lui porterait peut-être conseil.

45

L'alarme de son réveil le tira des quelques heures de sommeil qu'il arrivait à grappiller les nuits calmes. Éric, la cinquantaine bien marquée, ouvrit les yeux sur cette nouvelle journée – *de merde*, se dit-il en étirant sa grande carcasse à l'intérieur de son duvet. La boîte qui lui servait de refuge comptait plusieurs couches de carton et il fallait respecter un ordre précis pour les retirer sans foutre le bazar. L'écran indiquait 7 h 30, il avait une demi-heure pour rejoindre le Refuge, un CHU qui délivrait gratuitement des petits déjeuners aux sans-abri parisiens. Il palpa nerveusement la poche de sa doudoune pour vérifier que son téléphone était toujours là – un mec avait tenté de le lui barboter une nuit et il l'avait mordu à la main aussi sauvagement qu'un rottweiler enragé. Le contact rigide de l'appareil le rassura. Sans ce foutu portable, il ne pourrait pas appeler le 115, numéro du Samu social, pour tenter d'obtenir une chambre pour la nuit. L'édition du *Parisien* annonçait moins 1 degré et c'était pas dans ses plans de crever de froid cette année, comme Titi et Pierrot.

Éric commença à plier méticuleusement ses cartons pour aller les planquer derrière la porte du local poubelle où il avait ses habitudes. C'est à ce moment qu'il se rappela qu'il n'était pas seul, il y avait cette fille qu'il avait ramassée la veille dans un sale état. Si Didier le Belge avait été là, il lui aurait sûrement dit de la laisser crever dans son sang. C'est jamais bon de se mêler des affaires des autres, surtout quand elles risquent de vous mener chez les condés, c'est-à-dire dans un puits de merde insondable. Éric l'avait traînée quelques mètres avant qu'elle ne reprenne connaissance, et puis elle s'était accrochée à son épaule et ils avaient marché ensemble jusqu'à la rue de Crimée. Il aurait dû la lâcher devant les urgences de l'hôpital Saint-Louis ou à la rigueur à Robert-Debré, mais elle lui avait fait comprendre qu'elle ne voulait pas y aller et il avait pigé. Elle était en cavale, salement amochée, et elle n'avait personne. « Rien à branler », aurait gueulé le Belge, mais le surnom d'Éric c'était « la Tendresse » et il le portait bien. Cette gamine – toutes les filles étaient des gamines pour Éric – avait besoin d'aide et il était bien placé pour savoir que personne n'allait lui en donner. Alors il pourrait peut-être faire la différence en allant chercher sa trousse de premiers soins – planquée derrière une grille d'aération – et jeter un coup d'œil à sa blessure. Après tout Éric avait été infirmier, dans une autre vie, avec femme et enfants, cette fameuse vie qu'il évitait de se rappeler car elle lui faisait monter les larmes. Et pleurer c'est « pour les fiottes », répétait le Belge.

Ils s'étaient installés dans un local à vélo abandonné dont, en se démerdant, il avait récupéré les clés et qu'il utilisait parfois comme abri. C'était humide et sombre, mais au moins ils étaient au calme et loin des regards. Éric avait jeté un vieux drap sur le sol et la fille s'était allongée dessus. Il ne savait pas vraiment si elle était consciente, elle aurait pu tomber sur un mec moins réglo que lui – genre Paulo l'Embrouille – qui en aurait profité pour lui écarter les cuisses. Éric, lui, voulait juste l'aider en arrêtant l'hémorragie, si seulement c'était possible.

Il avait de l'alcool, des compresses, quelques bandages et une vieille boîte d'antibiotiques, mais c'était pas le grand luxe. Elle s'était un peu raidie lorsqu'il lui avait retiré sa veste et Éric s'était étonné du poids qu'elle pesait. Et puis il avait vu les doublures rigides aux épaules, aux coudes et dans le dos. Y avait toute une armature dans ce truc, un genre de blouson de moto qui ressemblait à une cotte de mailles. En dessous, c'était pas mieux, la fille avait le corps aussi dur qu'un bloc de granit, il avait l'impression qu'on l'avait sculpté dans la fonte. « Je vais monter ton pull », avait-il dit en posant les mains sur le tissu, et une coulée de liquide chaud s'était répandue sur ses doigts. Il avait remonté doucement le tissu sur son ventre jusqu'à atteindre le bas de son soutien-gorge et aperçu la blessure sur le haut de sa hanche. Il y avait un joli trou large d'au moins un centimètre et le même à l'arrière.

— La balle est sortie, avait-il dit avec une voix rassurante, enfin aussi rassurante que possible étant donné le ton rauque qu'il se trimballait depuis qu'il avait remplacé le sport par la picole et la cigarette.

La balle était sortie, peut-être, mais ce matin, sous son pansement de fortune, l'entaille avait une sale tronche.

La fille avait survécu à la nuit, elle était consciente, mais inerte. Elle avait besoin de points de suture, sinon elle continuerait à saigner et à s'affaiblir. Éric n'avait pas le matos pour, et vu comment ses mains tremblaient, il n'était pas certain de savoir encore le faire. Il fallait qu'il change ce foutu pansement ou le bordel allait s'infecter. Il imbiba plusieurs compresses d'alcool, dit quelques mots pour la prévenir que ça allait piquer et commença à nettoyer la plaie. La fille se raidit d'un coup et cria quelque chose en arabe, mais elle ne versa pas une larme. Éric se dit qu'elle plairait à son pote Didier. Une fois la blessure bien propre, il plaça une nouvelle compresse de chaque côté et se concentra pour bander l'ensemble.

C'était vraiment du bidouillage, dans quelques jours la plaie commencerait à schlinguer, ce qui était rarement bon signe.

— Toi aller hôpital, dit-il en fixant la fille dans les yeux.

Elle fit « non » de la tête, et Éric se dit qu'elle lui faisait penser à sa femme, avec ses cheveux noirs et ses yeux sombres. Elle aussi était têtue comme une bourrique.

— Toi aller hôpital, sinon toi crever !

Elle tenta de se redresser, mais grimaça de douleur avant de se retourner vers lui en secouant à nouveau la tête.

Il aurait pu l'abandonner là, lui filer des compresses, un peu d'alcool ou même toute sa trousse à pharmacie. Il aurait pu, mais on l'appelait la Tendresse parce qu'il était sympa avec les gens et il savait que ça le perdrait.

— OK, dit-il en lui souriant. OK, gamine, on va trouver une solution.

Et pour la première fois depuis des années, il se dit que cette journée ne serait finalement pas si merdique que ça.

46

Deux corps dans une cave de la banlieue nord avec le crâne explosé et les mains attachées dans le dos. Deux réfugiés syriens enregistrés au centre d'accueil du 18 et exécutés froidement à la manière des Kosovars. « Ça commence à chiffrer grave », commenta Dino au téléphone en sortant Rhonda du lit. Il était tout juste 6 heures du matin, à se demander si ce mec avait une vie en dehors de la brigade. Rhonda savait très bien que non, les interactions sociales, c'était pas son truc, mis à part Facebook où il s'était créé un profil de flic ténébreux pour essayer d'emballer des nanas, ce qui ne fonctionnait pas trop vu qu'il ne se risquait jamais à les rencontrer.

Elle sauta du lit, fonça dans sa salle de bains pour prendre une douche et se pointa au bureau où tout le monde l'attendait, mis à part Tomar. Il ne répondait pas aux appels ni aux SMS – « ça devient une putain d'habitude », grognait Francky sans que Rhonda puisse le contredire. Depuis l'année dernière et le retour de son « père », quelque chose s'était cassé dans la mécanique implacable de leur commandant. D'abord des absences répétées pour régler ses embrouilles perso – et il y en avait – et puis maintenant le portable qui sonne dans le vide et enfin pour couronner le tout : son malaise… Rhonda savait que ses hommes lui seraient toujours fidèles, mais elle savait aussi qu'un navire avait besoin de son capitaine pour donner le cap. En l'occurrence, dans l'affaire Rasha Al-Abed, il s'agissait d'une longue traînée de sang jalonnée de cadavres retrouvés dans des lieux isolés. D'abord celui d'Assan et du dealer albanais, et maintenant toute une série de pauvres gars sans papiers qui payaient de leur vie pour cette fille. Dino s'était tapé tous les PV de l'équipe en charge de ce double meurtre et il en avait conclu que Yuri était certainement derrière ce massacre et que l'étau se resserrait autour de leur Spectre.

Rhonda essaya de joindre une nouvelle fois Tomar – sans succès – avant de prendre les choses en main. Il fallait mettre au plus vite sur écoute toutes les communications de Yuri et sa bande, et cela H24, pour tenter de les localiser.

Elle allait se fendre d'une visite au proc pour lui expliquer l'urgence de la situation, et Dino se chargerait de tracer toutes les puces correspondant aux identités présumées des sbires de Yuri. L'opération pourrait se mener conjointement avec les gars de la Mondaine, ça leur ferait gagner un peu de temps. Avant de choper le proc qui ne serait à son bureau que vers 10 heures, elle alla voir le « patron » dans son antre du premier étage pour lui faire un topo. Elle n'aimait pas trop ça, Rhonda avait l'impression de court-circuiter son chef et amant, mais il ne lui laissait pas le choix. La frustration qu'elle ressentait dans son couple ne devait pas déborder sur leur vie professionnelle sinon c'était foutu. Elle pouvait soutenir Tomar dans ses galères perso mais pas le laisser foutre en l'air ce pour quoi elle avait tout sacrifié : son travail ! Dorval sourit en lui glissant un aimable « bon boulot, lieutenant, il va falloir penser à changer de poste ! » et son malaise ne fit que redoubler. À 9 h 45, Tomar finit par réapparaître sous la forme d'un coup de téléphone et d'une voix pâteuse qu'elle ne lui connaissait pas.

— T'as bu ? demanda-t-elle en fronçant les sourcils.

Le silence au bout du fil le lui confirma. Tomar Khan avec une gueule de bois, ça aurait pu être drôle si les circonstances étaient différentes et, surtout, si elle avait la moindre foutue idée de ce qui l'avait amené à se saouler. Puis elle s'était souvenue de son rendez-vous avec le neurologue. Putain, quelle conne ! Comment avait-elle pu oublier cette histoire de tumeur ? Et s'il avait reçu le résultat de ses examens… Et si c'était ça ? Rhonda s'en était immédiatement voulu et l'avait rappelé au moins cinq fois sans qu'il décroche. Elle avait hésité à pousser la porte du bureau du proc. Manquerait plus qu'elle craque devant lui, histoire de bien se griller. Elle avait finalement fait comme d'habitude : une grande inspiration et en avant pour le masque de la femme flic parfaite, blindée contre tout. L'armure avait beau se fendre de toutes parts, la charge mentale être à son maximum, elle devait avancer tête baissée, comme une mule sur un sentier étroit en pleine montagne. Il lui fallait ce procès-verbal pour coincer Yuri et choper Rasha avant que les cadavres ne continuent à s'accumuler. Il le lui fallait et elle l'obtiendrait…

47

Se dressait dans le XIIIe arrondissement, entre quelques tours carrées pointées vers le ciel, une ancienne usine en brique rouge transformée en accueil de jour pour les sans-abri. Éric y passait régulièrement pour prendre une douche, partager un café avec ses camarades – dont Didier le Belge – et plaisanter avec Samia, une infirmière d'origine gabonaise au sourire éclatant et aux seins gigantesques. Ces nichons – ou du moins l'idée qu'il s'en faisait – étaient à l'origine de la dernière bribe d'émoi sexuel en lui, ils étaient bien plus réels que les filles sur papier avec leurs corps retouchés et leurs chattes rasées. Bref, Samia était une gentille pépette, elle connaissait un peu son passé d'infirmier, et il avait décidé de lui amener la gamine pour qu'elle s'occupe de sa balafre avant que tout ça ne s'infecte et parte en couille.

— Toi pas t'inquiéter, avait-il marmonné en ne récoltant en retour qu'un mince sourire.

Ils firent le trajet dans le métro et personne ne vint les faire chier, les couples de SDF manquaient un peu trop de glamour pour les voyageurs parisiens. Une vieille dame type Miss Marple remarqua une tache de sang sur le pantalon de la gamine et s'empressa de changer de place avec un air profondément dégoûté.

— Ça te défrise, la vieille ?

Éric ne pouvait pas lui en vouloir, depuis le temps qu'il galérait dans cette ville il avait pigé que les gens n'étaient pas foncièrement mauvais, ils avaient juste peur. Peur qu'on leur parle, qu'on les mette en retard, qu'on leur demande de l'argent, qu'on leur file des maladies, qu'on les agresse, peur de tout un tas de trucs au point de se réfugier sur l'écran de leurs téléphones portables ou dans leurs bouquins pour être le moins en contact possible avec le reste du monde. Y avait qu'à lever la tête pour voir tous ces gens fuir la réalité dans laquelle lui et ses camarades d'infortune se trouvaient empêtrés. Éric, lui au moins, savait précisément ce que la vie pouvait lui offrir : rien. Comme disait le dalaï-lama, le pape ou une quelconque grosse tête, c'est quand on perdait tout qu'on prenait conscience de ce qu'on possédait réellement, c'est-à-dire, et en résumé, sa bite et son couteau, si on avait la chance d'en avoir un.

Une fois rejoints les locaux de l'Arche, ils tracèrent directement vers l'infirmerie en contournant le bureau d'accueil, déjà bondé malgré l'heure matinale. Éric préférait éviter de leur présenter la gamine, elle serait obligée de donner son nom et tout un tas de renseignements et, à ce qu'il avait cru comprendre, elle était plutôt parano là-dessus.

L'infirmerie occupait une partie du sous-sol, on y accédait par une petite rampe du genre de celles qu'on trouve pour les brancards dans les hôpitaux et par chance elle n'était pas encore blindée de monde. La vie dans la rue n'était pas de tout repos, pas mal de bagarres éclataient lorsque l'alcool avait rongé les cerveaux, et puis il y avait aussi des connards qui aimaient casser du clodo pour le plaisir. Un jour, Didier lui avait montré une vidéo YouTube sur laquelle deux abrutis s'amusaient à voler Thor, le caniche nain d'une vague connaissance qui traînait dans le quartier des Halles. Les images avaient fait le tour du monde et ce vieux Thor, avec sa langue pendante et son œil crevé, était devenu aussi célèbre que Brad Pitt. Ça les avait bien fait marrer.

Samia vint lui faire la bise, provoquant une discrète érection dont elle ne connaîtrait jamais l'existence. Il lui expliqua que sa copine avait morflé, en inventant une histoire d'accident pour éviter que les flics s'en mêlent. Samia la fit entrer dans son bureau et une demi-heure plus tard la gamine ressortait avec de jolies agrafes et un bandage tout neuf.

— À changer, ce soir, précisa Samia en lui conseillant de ne pas trop se déplacer.

Elle lui fit aussi un certificat qui lui permettrait de trouver un lit d'urgence dans n'importe quel CHU, le grand luxe.

Leurs chemins se séparaient maintenant, Éric la Tendresse allait reprendre le cours de sa vie et son long enchaînement de journées – *de merde*. Il sentit une pointe d'amertume lui tirailler les entrailles alors qu'ils sortaient tous les deux du bâtiment pour profiter d'un rayon de soleil sur le trottoir.

— Toi aller bien maintenant, dit-il en essayant de retenir une larme qui lui titillait le coin de l'œil.

La gamine le prit dans ses bras en serrant très fort jusqu'à lui couper le souffle avec ses muscles en titane.

— Merci..., répondit-elle avec la voix la plus douce qu'il avait entendue de sa foutue vie de clodo parisien.

Quand la fille le libéra de son étreinte, Éric remarqua soudain le gros 4 × 4 noir arrêté le long du trottoir et les trois hommes qui en descendaient d'un pas rapide. Pas besoin d'être Einstein pour piger qu'ils étaient venus pour elle. Deux des lascars portaient des mitraillettes comme on en voyait dans les séries télé américaines, sauf que celles-là ne tiraient certainement pas des balles à blanc. La gamine se retourna comme un chat, prête à courir, mais ils lui coupèrent la route en la braquant avec leurs pétoires.

— Arrêtez vos conneries ! hurla Éric, bien conscient qu'ils en auraient probablement rien à foutre.

Un troisième gus, avec une sale tronche de barbu au crâne rasé, s'approcha alors tranquillement. Ce con le regardait en souriant comme s'ils se connaissaient depuis longtemps, et Éric eut presque l'impression qu'il allait lui tendre la paluche pour le saluer. Mais ce n'est pas sa main qui sortit de sa poche, et Éric sentit une brûlure au niveau de la poitrine. En voyant le manche du couteau dépasser de son pull marin, ses neurones se connectèrent. Vingt centimètres d'acier dans le cœur, ça ressemblait beaucoup à la fin du voyage. Ses doigts s'agrippèrent au manche, mais la douleur était devenue tellement intense qu'il était incapable de tirer. Alors il s'assit sur le bitume en regardant autour de lui avec un air ahuri, résigné à crever. Au loin, les deux hommes faisaient entrer la gamine dans leur 4 × 4 et disparaissaient dans la circulation du boulevard. Éric resta encore deux longues minutes à cracher du sang comme un con. Les seins de Samia, Didier le Belge, Thor le caniche borgne, tout ça se mélangeait dans sa tête. Avant de fermer les yeux et d'expirer son dernier souffle, Éric la Tendresse repensa à ses enfants et se dit qu'il les aimerait toujours. Et puis plus rien.

48

Yuri cracha un épais nuage de fumée avant d'écraser le mégot de sa cigarette sous son talon. Le temps s'était couvert, les éclaircies du matin avaient laissé place à un ciel gris menaçant. Il observait le porche au ciment grignoté par les mauvaises herbes avec, au loin, la silhouette massive de l'édifice rectangulaire en brique jaune qui formait un grand L sur plusieurs centaines de mètres. Les fenêtres du premier étaient murées par des parpaings et d'antiques volets en bois sombre masquaient la plupart de celles des étages supérieurs. Il inspira un bol d'air frais et décida de retourner à l'intérieur de l'hôpital. Ce bâtiment abandonné, en plein cœur de Paris, appartenait à un groupe hospitalier plus vaste et il lui avait suffi de graisser la patte du gardien pour en obtenir l'accès en toute discrétion. Les murs humides et couverts de graffitis, les dizaines de chambres et de couloirs à la peinture écaillée étaient les symboles de la déliquescence des constructions humaines.

Yuri sourit en descendant les quelques marches le menant à une entrée de service dont ses sbires avaient fracturé la serrure. Il se sentait bien pour la première fois depuis le début de ce foutu hiver. Il avait beau avoir perdu un paquet de fric, de matériel et de putes, il tenait enfin la petite salope qui s'amusait avec ses nerfs. Il allait enfin pouvoir lui faire payer tout ça au centuple avec les intérêts. Bien sûr, il aurait été beaucoup plus facile de s'en débarrasser d'une balle dans la tête et de jeter son corps dans une poubelle, mais ce n'était pas le sort qu'il réservait à ses ennemis de marque. Après tout, le préjudice était bien plus important qu'une simple perte de chiffre d'affaires. Elle l'avait défié devant le *bajrak*, et tous les autres chefs de clan attendaient de voir comment il allait régler cette affaire. Un seul signe de faiblesse et c'est lui qui risquait d'être évincé par un jeune loup aux dents acérées – et ils étaient des tonnes à n'attendre que ça. Un putain d'exemple, voilà ce qu'il allait faire avec ce Spectre à la con et cet endroit dévasté et isolé lui permettrait de prendre son temps à l'abri des regards.

Une fois passé la porte, Yuri pénétra dans une cage d'escalier jonchée de détritus qui s'enfonçaient dans les entrailles de l'hôpital. D'après ce que lui avait raconté le gardien, c'est dans cette partie des locaux que se trouvait la chambre mortuaire scellée par décision administrative suite à un scandale survenu quinze ans plus tôt. On y aurait conservé des cadavres de fœtus illégalement, comme une collection morbide. Paraîtrait qu'un ministre serait descendu par ce même escalier pour constater les faits et mettre fin à cette pratique. Yuri trouvait ça dingue. Il faisait peu cas de la vie humaine, mais il respectait quand même quelques règles. S'en prendre aux jeunes enfants et encore plus aux bébés lui donnait envie de gerber. Un principe qui ne s'étendait pas aux femmes. Dans son business, c'était de la matière première, et il avait le droit de faire ce qu'il voulait de sa marchandise. Il devait aussi s'avouer qu'il était vexé. Découvrir que le Spectre était une pisseuse lui faisait perdre la face d'une manière bien plus indigne. Elle avait beau avoir prouvé sa valeur en dessoudant ses soldats, ça ne changeait rien sur le fond. Cette fille ne connaissait pas sa place, et il allait se charger de la lui rappeler.

L'escalier se terminait sur une porte à double battant dont un volet était sorti de ses gonds. Yuri la dépassa pour pénétrer dans un large couloir éclairé par une série de néons installés à la va-vite par ses hommes. La peinture des murs formait des nuages de croûtes boursouflées ressemblant à des tumeurs. Un de ses pieds buta contre une pile de dossiers où l'on apercevait de vieilles photos jaunies, derniers témoins des souffrances, des peines et des joies formant le quotidien des résidents de ce lieu.

Personne n'était entré ici depuis une dizaine d'années à part quelques explorateurs urbains avides de clichés dérangeants. Yuri ne croyait pas aux fantômes, ni aux esprits, mais il fallait bien avouer que cet endroit donnait la chair de poule. Il arriva au niveau d'une porte bleu clair à côté de laquelle un panneau indiquait le crématorium. Yuri poussa lentement la porte et pénétra dans une vaste pièce équipée d'étagères en fer rouillé. La cloison du fond était lambrissée de panneaux en aluminium et une rampe menait vers l'entrée du four dont la gueule sombre semblait absorber toute la lumière des néons. Une longue chaîne en acier, installée par ses hommes, pendait du plafond au milieu de la pièce. C'est là qu'on avait accroché le Spectre à l'aide de menottes et elle gisait, le corps à moitié posé sur le carrelage, les bras tendus au-dessus de sa tête dans une torsion qui devait lui distendre les muscles des épaules. Son visage était tourné vers le sol, et Yuri la frappa violemment du plat de la main pour être certain qu'elle ne dormait pas.

— Tu comprends ce que je dis ? demanda-t-il alors qu'elle levait les yeux vers lui.

La fille ne prononça pas un mot, elle se contenta de se racler la gorge pour essayer de lui cracher dessus. Yuri sourit et tourna la tête vers la rampe qui servait autrefois d'ultime voyage aux corps vers les flammes. Il se dit que ça ferait une couche parfaite pour ce qu'il avait à faire. Il allait violer cette pute sur cet autel mortuaire pour bien lui rappeler sa place avant de l'envoyer rejoindre l'abîme. Il ne savait pas si elle avait lu ses pensées, mais elle se recroquevilla sur elle-même, les bras écartelés par la chaîne.

Il l'attrapa par les cheveux et la força à s'étendre sur la rampe en lui écartant les cuisses pour commencer sa besogne. Et cela dura longtemps.

49

Ça pulsait frénétiquement dans ses tempes, et un sale mal de crâne lui martelait l'intérieur de la tête comme une pompe à pétrole en plein désert. Tomar ne se souvenait pas précisément du moment où il s'était endormi, mais les lueurs blanches dans ses yeux prouvaient qu'une de ses foutues crises d'épilepsie avait ponctué sa nuit sans même le réveiller. L'écran de son portable ressemblait à un arbre de Noël décoré de messages en absence et de SMS inquiets en provenance de Rhonda. Il l'avait rappelée brièvement pour la rassurer et lui dire qu'il se mettait en route. La matinée était déjà bien avancée, Tomar débarquait au 36 avec des courbatures dans les épaules et la sensation de sortir d'un combat en douze rounds. Les marches du grand escalier ne lui avaient jamais semblé aussi nombreuses, et il baissait le regard pour éviter de croiser celui de ses collègues de peur que la migraine ne revienne. Qu'est-ce qui avait pu lui bouffer le cerveau à ce point ? Après tout, la liste était longue. Il y avait d'abord cette enquête et la pénible impression d'avoir mis les pieds dans un labyrinthe de désespoir et d'indifférence qui lui rappelait celui de son enfance. Puis Belko et ses menaces de briser sa carrière et de l'envoyer en prison. Enfin, la tumeur, cette faille noire, cette bombe à retardement dont il avait décidé de croire qu'elle lui avait été laissée par son père, comme une ultime malédiction.

Il était presque 11 heures lorsqu'il poussa la porte du groupe pour rejoindre ses camarades. Les regards étaient fatigués, les mines tendues par la concentration. L'équipe bossait intensément depuis des heures, on sentait dans l'air comme une odeur de soufre. Rhonda avait son portable collé à l'oreille et prenait des notes sur un bloc. Dino leva la tête et le salua rapidement avant de remettre ses écouteurs en fixant l'écran de son ordinateur. Francky se grattait le crâne nerveusement en épluchant un épais dossier d'où émergeait une liste de noms et de numéros de téléphone.

— Y a lui… Sven Gjakma, il a trois numéros de puce dans son historique récent ! dit Francky.

— Vous bossez sur quoi ? interrogea Tomar, un brin mal à l'aise de se sentir aussi largué.

— Rhonda est passée voir le proc pour lui demander une écoute. On a récupéré les derniers bornages de la bande de Yuri et on essaie de les localiser.

— Et qu'est-ce que ça donne ?

— Pour l'instant, pas grand-chose. Les mecs se sont débarrassés de la plupart des puces. On fouille !

Tomar sentit un sentiment de fierté l'envahir et apaiser les derniers soubresauts de sa migraine. Il avait recruté cette équipe et elle lui prouvait chaque jour à quel point il ne s'était pas trompé. Rhonda raccrocha son téléphone et bondit de sa chaise.

— Y a du nouveau. Un homicide ce matin devant l'Arche, un centre d'accueil du XIIIe . Un SDF s'est fait planter sur le trottoir.

— Ça arrive tous les jours, remarqua Francky.

— Ouais, mais y a des témoins. Ils parlent d'une fille avec lui. Habillée en noir. J'ai eu l'infirmière qui s'est occupée d'elle au centre : elle était blessée, elle pissait le sang. Une grosse entaille à la hanche.

— Ouais, ça peut être elle, acquiesça Francky en se frottant les yeux avec ses longues paluches.

— D'après les premiers témoignages, trois hommes seraient sortis d'un SUV noir, genre Qashqai. Y en a un qui aurait planté le SDF et les deux autres ont emmené la fille dans la voiture, ils avaient des armes…

Les mines étaient sombres. Ça ressemblait bien à Yuri et sa bande, et s'ils avaient réellement mis la main sur Rasha, autant dire qu'elle était déjà morte.

— Ce SUV, on a forcément une caméra de surveillance quelque part qui l'a chopé ? questionna Tomar en se tournant vers Dino.

— C'est comme si c'était fait, patron, répondit-il en composant le numéro du service de la préfecture centralisant toutes les données de vidéosurveillance.

— OK, alors on va se concentrer là-dessus en essayant de faire matcher vos bornages de portable. Si on a une localisation qui coïncide, on fonce direct.

— Tu crois qu'elle est encore en vie ? interrogea Rhonda.

— Ils l'ont enlevée y a quoi ? Deux heures et demie… C'est possible. Ils ne vont pas s'en débarrasser comme ça.

Chaque membre du groupe savait ce que ça signifiait. Ils avaient fait connaissance avec Fantazmë autour du corps mutilé d'un homme au fond d'une cave. Et puis ils avaient mis un visage et un nom sur cette ombre laissant dans son sillage une succession de cadavres. Chacun de ces homicides lui vaudrait vingt ans de prison, même si les victimes étaient des criminels de la pire espèce. On ne faisait pas justice soi-même, le juge y veillerait en envoyant cette femme derrière les barreaux pour le restant de ses jours. Pourtant Tomar ne pouvait pas s'empêcher de l'admirer. Il ne savait pas précisément ce qui motivait une telle furie rédemptrice mais il n'avait pas de mal à imaginer les horreurs dont elle avait dû être témoin. La guerre était une bête sanguinaire qui n'épargnait personne. Rasha Al Abed, seule contre tous, se traçait un destin digne des plus grands héros mythologiques. Et maintenant qu'elle se trouvait entre les mains de Yuri Baric et de ses sbires, personne n'avait envie de voir son corps réapparaître dans quelques mois, débité en lamelles ou pire encore. Ce n'était pas pour résoudre cette affaire qu'ils se battaient désormais, c'était pour sauver la vie de cette femme. Et ils allaient tout donner pour ça…

50

Le froid et l'obscurité recouvraient son corps à moitié dénudé. Il avait éteint le néon du crématorium, laissant Rasha suspendue à sa chaîne comme un quartier de viande attendant d'être tronçonné. Chaque parcelle de son anatomie la faisait souffrir, à l'extérieur comme à l'intérieur. Son esprit luttait pour ne pas céder, elle avait connu pire, bien pire. Elle était allée là d'où personne ne revient, et tout cela ne représentait rien au regard de l'abîme caché au fond d'elle. Cet abîme, elle ne le regardait jamais de peur qu'il resurgisse, et pourtant il suintait en elle comme une lèpre prête à tout dévorer. Ses dernières forces l'abandonnaient. Rien ne pouvait désormais l'empêcher de sombrer dans le flot de sa mémoire…

Septembre 2011, Damas. Il y a ces gens qui crient, le plus âgé doit avoir vingt ans. Je reconnais certains visages, ils ont grandi dans mon quartier, ma ville, mon pays. Le chef en donne l'ordre, mais je refuse de tirer sur eux et on me traîne dans une cellule avec d'autres « traîtres », ennemis du régime. J'y passe peu de temps avant qu'on m'emmène dans le quartier d'Al-Qaboun. Je vais être jugée, mais je n'ai droit à aucun avocat pour me défendre. J'entre dans une pièce, un faux magistrat me demande mon nom et si j'ai commis un crime. « Rasha Al-Abed, et je suis innocente. » Je lui hurle à la face. « Coupable », dit-il en faisant signe au gardien de m'emmener. Ce lieu n'est pas un tribunal, ce juge est un bourreau.

On me force à entrer dans un minibus qui trace la route jusqu'à Saidnaya à trente kilomètres au nord. Là, je découvre les murs de la prison qui sera mon abattoir. Je suis déjà condamnée à mort, mais je ne le sais pas. Ils me le diront lorsque je serai face à la potence.

Dans ma cellule, j'attends des semaines qu'ils viennent me prendre. J'entends les hurlements et les pleurs de tous ceux qui espèrent encore être libérés. Les gardiens ouvrent ma porte et m'apprennent que je vais être transférée ailleurs, à Adra ou Alep, mais je connais la vérité. Ils rabattent mon tee-shirt sur ma tête et m'emmènent dans une pièce au sous-sol. Ils ne savent pas que le tissu est déchiré et que je vois ce qui m'entoure. Je pénètre dans une grande salle avec une plateforme surélevée où des hommes et des femmes attendent les yeux bandés. Des gardiens leur passent la corde autour du cou et une trappe bascule. Ils restent suspendus dans les airs, se débattent pour se libérer. Un soldat en treillis tire le corps d'un enfant vers le bas pour lui briser la nuque. C'est ce qu'ils font quand ils sont trop légers. Je comprends que mon gouvernement extermine son peuple et j'ai envie de vomir.

On me pousse dans une pièce où j'attends au milieu des autres. Interdiction de nous asseoir, on nous hurle dessus.

Certains gardiens frappent avec leur matraque. Ils savent que nous sommes déjà morts, ils font ce qu'ils veulent. La cruauté humaine est sans limites quand on lui donne un alibi.

Lorsque vient mon heure, on me pose un doigt dans l'encre et on me fait signer mon propre avis de décès. Un jeune garçon à côté de moi s'effondre, lui n'avait pas compris qu'il allait mourir. On me demande mes dernières volontés ; et je reste silencieuse, la gorge sèche, je ne gâcherai pas une parole pour ces bourreaux. Et puis je monte sur la plate-forme et je sens le nœud froid de la corde enserrer mon cou. La trappe s'ouvre et le vide se fait sous mes pieds. Mes cervicales craquent, mais résistent et le nœud commence à me brûler en inscrivant sa marque infamante au plus profond de ma chair. Je retiens mon souffle et je reste immobile, je ne veux pas qu'ils aient le plaisir de me voir me débattre. Les minutes passent, je sens mon esprit s'échapper, une lueur blanche scintille derrière mes paupières. La douleur est atroce, mais la lumière semble l'atténuer à mesure qu'elle m'entoure comme un cocon. Je ne sais plus où je suis et si je pends encore au bout de ma corde. Mes mains, mes bras, mes jambes, plus rien ne bouge. Je pense que je suis morte.

Combien de minutes ai-je passé dans la lumière ? Le temps n'a plus de signification, plus rien n'existe. Puis je sens la chaleur m'envahir, une chaleur étouffante. J'ouvre les yeux, je suis dans un camion au milieu de centaines de cadavres. On m'a enveloppé le visage dans du plastique et je suffoque. Mon corps reprend vie, j'arrache un morceau au niveau de la bouche et j'aspire une bouffée d'air vicié par la pourriture qui m'entoure. Je me redresse et je réussis à me dégager pour rejoindre la porte de ce convoi mortuaire. Elle n'est même pas verrouillée car les conducteurs savent ce qu'ils transportent et ne craignent pas les voleurs. J'attends le moment propice et je saute du camion pour m'écraser contre le bitume brûlant de la route. Mon corps est secoué de spasmes, je me souviens d'où je viens et qui je suis. Je m'appelle Rasha Al-Abed et je suis déjà morte une fois.

Il y eut un cliquetis de serrure en provenance du couloir. Rasha sentait les larmes couler sur ses joues. Elle les retenait depuis si longtemps, rentrant sa colère et sa haine au fond de ses tripes. Elle avait survécu pour fuir son pays et devenir une âme errante dans un univers qui ne voulait pas d'elle. C'était forcément pour une raison précise. Le monde d'après, celui de la lumière blanche et apaisante, ne lui était pas encore accessible car elle avait une mission à remplir. Depuis la route de Damas jusqu'à ce crématorium abandonné, six longues années de combat pour débarrasser le monde des bourreaux qu'elle rencontrait sur son chemin. Combien en avait-elle exterminé de ses mains ? Elle ne savait plus, mais certainement pas assez au regard de la désolation qui l'entourait toujours et encore. Sa Voie l'avait menée au cœur des ténèbres, peut-être était-il temps de rejoindre la lumière ?

La porte du crématorium s'ouvrit avec fracas, et elle aperçut la silhouette robuste de l'homme qui l'avait violée. Il était accompagné de deux autres malabars transportant un sac de sport. Ils le déposèrent sur la rampe et commencèrent à faire glisser la fermeture. Plongeant la main à l'intérieur, le barbu en sortit une scie circulaire. Rasha ferma les yeux. Ici ou ailleurs, les bourreaux sont les mêmes.

51

La voiture filait à toute allure, empruntant la voie de bus pour remonter le boulevard Saint-Michel. Dino avait fait du bon boulot en localisant le parcours du SUV entre la place d'Italie et Denfert-Rochereau où il avait été filmé pour la dernière fois par une caméra de vidéosurveillance. Tous les numéros des sbires de Yuri Baric étaient passés au crible des logiciels de bornage et trois d'entre eux spotaient quelque part dans les environs de l'hôpital Cochin, à moins de trois minutes de la dernière localisation du SUV.

L'équipe d'intervention de la BRI ouvrait la route et Tomar filait à sa suite pour conduire ses hommes vers ce qu'il sentait être le dénouement de cette affaire. Il y avait moins de deux kilomètres entre le quai des Orfèvres et les locaux désaffectés censés être leur destination finale. Rhonda et Dino se tenaient à l'arrière, harnachés dans leurs gilets pare-balles, alors que Francky clopait tranquillement sur le siège passager en observant les devantures des magasins défiler à toute allure. C'était ce fameux moment de tension ultime où tout allait se jouer, le calme avant la tempête.

Ils atteignirent Port-Royal et le camion de la BRI s'arrêta au début de la rue de l'Observatoire. Les hommes en noir s'organisèrent rapidement pour se déployer le long du trottoir jusqu'à un ancien porche d'hôpital dont l'entrée était condamnée. Dino fut le premier à apercevoir le SUV garé en contrebas.

— Putain, c'est lui ! se réjouit-il en vérifiant le numéro de la plaque.

Il y eut un moment de flottement alors que le négociateur de la BRI parlait avec le gardien d'une société de surveillance posté à l'entrée du site. Il confirma la présence de quatre hommes à l'intérieur, il pensait que c'étaient de simples curieux venus prendre des photos. Personne ne goba son histoire, et il fut immédiatement mis en état d'arrestation pour complicité. Il était maintenant urgent d'intervenir, mais vu la taille des locaux et leur vétusté, ils se préparaient à une longue partie de cache-cache. Une première équipe démonta un muret de briques pour avoir accès aux étages alors que la seconde se dirigeait vers l'escalier menant aux sous-sols du bâtiment.

— Je vais avec eux, dit Tomar en vérifiant les attaches de son gilet. Vous restez là.

— Dans tes rêves, répondit Francky en lui emboîtant le pas, et ils se retrouvèrent tous les quatre – avec un Dino à la mine déconfite – derrière les hommes de la BRI.

Plusieurs détonations leur parvinrent du premier étage, on les informa que trois suspects venaient d'être neutralisés.

Une fois passé la porte branlante menant à l'escalier de service et descendu un niveau, ils débouchèrent dans un long couloir plongé dans la pénombre. Les policiers progressaient lentement, sécurisant chaque pièce qu'ils rencontraient. D'abord une réserve aux étagères remplies de cartons en partie éventrés. À la lueur d'une MagLite, Tomar aperçut des ordonnances et quelques photos d'enfants éparpillées sur le sol. Puis une salle de radiologie où d'anciens appareils étaient encore scellés contre les murs noircis d'humidité, et enfin une salle qui devait servir de permanence aux médecins avec ses tables renversées et un monticule de chaises rouillées. Puis il y eut un mouvement sur le côté droit de la colonne et une silhouette bondit en ouvrant le feu. La plupart des impacts furent encaissés par le bouclier de tête, une balle se logea quelque part dans un faux plafond. Les hommes de la BRI pivotèrent instantanément en direction de la menace et plusieurs détonations éclairèrent le couloir en un feu d'artifice mortel et assourdissant.

— Ennemi neutralisé, dit un officier derrière le bouclier alors qu'ils reprenaient leur progression.

Tomar arriva au niveau du corps étendu sur le côté dans une mare de sang, pas besoin de vérifier son état de santé, il avait mangé une bonne dizaine de balles.

— C'est Yuri, dit Rhonda en apercevant la barbe et le crâne rasé du caïd albanais.

Personne n'allait pleurer cette enflure. Le cortège continua son exploration jusqu'à arriver dans une salle plus grande que les autres. *Crématorium*, pouvait-on lire sur une petite plaque encore en place.

— Colis suspect, dit la voix de tête avant que la colonne ne se remette en route vers le fond du couloir.

En pénétrant dans la pièce faiblement éclairée par un néon, Tomar sentit un frisson l'envahir. Le mur en plaques d'aluminium réfléchissait les faisceaux des lampes torches. Une ouverture béante aspirait la lumière comme un puits sans fond tandis qu'un autel occupait une bonne moitié de la pièce. Malgré l'obscurité, on y apercevait une flaque de sang se déversant sur les côtés en de longues rigoles noirâtres. Six sacs-poubelle bleus étaient disposés en tas sur la rampe, formant un cairn cauchemardesque. Il était inutile de les ouvrir pour savoir ce qu'ils contenaient. L'épaisseur et la forme de chacun d'entre eux laissaient présager que Fantazmë n'était plus qu'un grotesque puzzle humain débité à la scie dans ce mausolée chtonien. Ils restaient pétrifiés face à l'évidence. Tomar finit par trouver la force de se rapprocher d'un des sacs pour pincer le plastique et dévoiler un visage de femme creusé par l'effroi. Tomar, Rhonda, Francky et Dino laissèrent les hommes de la BRI continuer leur intervention. Ils avaient découvert celle pour qui ils bataillaient depuis des semaines. Ils se figèrent en arc de cercle autour des restes de Rasha Al-Abed. Personne n'osa troubler le silence de leur recueillement pendant de longues minutes.

52

23 h 30. Il leur avait fallu la journée pour sécuriser la scène de l'hôpital et taper le procès-verbal d'intervention. Quatre hommes abattus après résistance aux forces de l'ordre et les restes d'une femme dont tout le monde connaissait déjà l'identité. Bruchet leur avait fait livrer une caisse de champagne pour les remercier d'avoir démantelé le clan Yuri Baric de manière aussi radicale. Il fallait bien avouer que ça les arrangeait de ne pas avoir à instruire le dossier à charge de cette ordure, le monde se porterait sûrement mieux sans lui. La journée avait été longue, et Dino s'occupait d'informer Interpol que l'affaire Rasha Al-Abed était elle aussi terminée.

Comme il était d'usage pour clôturer une enquête, Francky sortit quelques verres et déboucha une bouteille de la Mondaine. Il remplit trois coupes en laissant la quatrième vide, Rhonda n'était pas encore rentrée de son expédition chez le patron où Tomar l'avait envoyée. Normalement, il aurait dû faire le debrief lui-même, mais étant donné ses absences répétées, elle avait bien mérité cet instant de gloire et les lauriers qui allaient avec. Il y aurait sans doute une conférence de presse pour dissoudre les rumeurs d'attaque terroriste commençant à émerger sur les réseaux sociaux, et dans quelques semaines Francky bouclerait la procédure. Il ne resterait bientôt de cette affaire qu'une pile de dossiers archivés avec les autres trophées du groupe Khan. Pourtant l'enthousiasme n'y était pas, et la fête qui se préparait avait des airs de pétard mouillé. Comme pour confirmer cette intuition, Rhonda déboula dans le bureau avec une mine sombre et des yeux fuyants.

— Ça s'est bien passé ? questionna Tomar.

— Ouais, le boss est content. On va pouvoir quitter le 36 avec une belle affaire. Ça rentre dans son plan de com, visiblement.

Francky remplit la dernière coupe de champagne et ils levèrent leurs verres à la fin du dossier Fantazmë. Il n'y eut pas beaucoup de paroles échangées et ils décidèrent de déboucher une deuxième bouteille pour se donner un peu d'entrain. Francky avait l'air de vouloir se mettre une mine, il passait plus de temps à remplir sa coupe qu'à en admirer le contenu. Quelque chose ne collait pas avec Rhonda, après le premier verre elle s'était isolée à son bureau et fixait l'écran de son ordinateur. Tomar se rapprocha en lui tendant une nouvelle coupe pour la dérider un peu, mais elle lui adressa un regard qui lui fit perdre toute envie de se laisser griser par l'alcool.

— Qu'est-ce qui se passe ? dit-il à voix basse.

— Je peux te parler ?

Elle se leva et prétexta un passage aux toilettes. Tomar la rejoignit quelques minutes plus tard dans un bout de couloir déserté.

— Ça va ?

— Faut que je te dise un truc…, répondit-elle avec une voix mal à l'aise. Le boss m'a félicitée pour l'enquête, mais il m'a aussi appris une nouvelle étrange.

— Je t'écoute…

— Y a une affaire qui est tombée à 18 heures… Homicide dans un appartement du XVIe arrondissement. Une histoire de cambriolage qui aurait mal tourné. C'est Bec qui s'en occupe.

Tomar ne voyait pas trop où elle voulait en venir. Ce genre d'affaire rentrait toutes les semaines au 36. Pourtant il sentait une angoisse commencer à lui tordre les tripes, quelque chose dans le regard de Rhonda lui faisait peur.

— Ils ont retrouvé le corps du locataire au milieu du salon, étranglé avec le larynx défoncé. L'appart a été fouillé, mais rien ne semble avoir disparu. Pas d'empreintes, pas d'ADN, rien.

— OK… et alors quoi ? Tu veux qu'on prenne l'affaire ? Je peux demander à Bec…

— C'est Belko, la victime, dit-elle sans lui laisser le temps de terminer sa phrase.

Tomar sentit une douleur pulser à l'arrière de son crâne. Belko. Cette enflure s'était fait dessouder dans son salon ! Ça paraissait incroyable.

— C'est toi qui l'as tué ?

Elle le dévisageait maintenant, scrutant la moindre hésitation. Tomar savait tout l'enjeu qu'il y avait derrière cette question. Ils s'aimaient tous les deux et ils avaient traversé pas mal d'épreuves, mais leur amour ne résisterait pas au doute, elle le lui avait bien fait comprendre…

— Non, dit-il avec assurance. Je te jure que non. Il est venu me voir hier soir, il m'attendait en bas de chez moi. Mais il est reparti et voilà… j'en sais pas plus.

— Qu'est-ce qu'il te voulait ?

— Me dire qu'il avait mon ADN, que j'étais foutu et qu'il allait nous faire plonger, tous les deux… j'ai hésité à lui mettre mon poing dans la gueule et je me suis retenu. Mais maintenant…

— Il est mort. Drôle de coïncidence, non ?

Tomar se rapprocha d'elle pour planter ses yeux au fond des siens.

— Je n'y suis pour rien, je te le jure.

Rhonda baissa les épaules et le prit dans ses bras pour l'embrasser. Ils échangèrent un long baiser appuyé contre le mur du couloir et Tomar sentit son angoisse s'apaiser. Pourtant, la douleur au fond de son crâne continuait à pulser lentement.

Comment pouvait-il être certain que ce n'était pas lui ?

53

Huit enfants morts à la peau blanchâtre disposés comme des pétales de fleur dans une ronde morbide. L'un d'entre eux, les yeux révulsés, le corps raide, levait les bras au ciel, suppliant quelque dieu sourd à ses souffrances. « Les Enfants d'Assad », voilà ce qu'on pouvait lire sur cette couverture du journal *Libération* placardé sur les panneaux des kiosques parisiens. L'image était violente, elle révoltait l'âme et l'esprit et s'imprimait sur la rétine pour longtemps, comme une marque d'infamie. Tomar avait croisé une demi-douzaine d'affiches de ce type avant de rejoindre le cimetière de Saint-Ouen où l'attendait le reste du groupe ainsi que sa mère qui avait insisté pour venir. Ils s'étaient cotisés pour payer le cercueil, la cérémonie de crémation et offrir à Fantazmë la chance de retrouver une identité dans la mort. À travers ce geste, Tomar ne sauverait pas les enfants d'Alep, mais il avait au moins l'impression de ne pas les abandonner.

Les obsèques avaient lieu dans une petite salle impersonnelle sans aucune forme de cérémonie. On leur proposa de dire un mot, mais personne n'osa prendre la parole. Et puis Ara se redressa pour venir planter sa silhouette frêle en face d'eux, en posant une main sur le cercueil.

— Je ne connais pas cette femme, mais mon fils m'a expliqué qu'elle s'appelait Rasha Al-Abed et qu'elle était née à Damas, dit-elle en souriant. Il y a quelques mois, j'ai rencontré une personne d'Alep dont les parents habitaient à Damas. Peut-être que Rasha les connaissait, peut-être qu'ils étaient amis. Grâce à Dieu, cette femme et ses deux enfants vont pouvoir s'installer ici, en France, et trouver la paix. Rasha n'a pas eu cette chance, mais ce n'est pas ce qu'elle cherchait de toute manière. Parfois la vie est tellement difficile qu'on ne veut même plus aspirer au repos, tout ce que l'on désire, c'est mourir pour une cause juste. Moi, j'avais mes fils pour m'éclairer mais, elle, elle n'avait plus rien.

Il y eut un silence et Tomar sentit le regard tendre de sa mère se poser sur lui.

— Grâce à vous qui êtes ici, grâce à votre compassion et votre amour, elle emportera une lumière pour la guider dans les ténèbres.

Ara retourna s'asseoir à pas prudents, et Tomar prit la main de Rhonda pour la serrer dans la sienne. Il fit signe au maître de cérémonie et le cercueil commença son lent trajet vers les flammes sur un fond de requiem. Quelques minutes qui leur parurent des heures et ils se retrouvèrent tous à l'extérieur pour partager une clope que Francky faisait tourner nerveusement. Dans quelque temps, on leur remettrait la petite urne sur laquelle serait gravé le nom de la jeune femme. Ils s'étaient mis d'accord pour répartir ses cendres au pied d'un peuplier dans le jardin des souvenirs, un espace dédié situé au fond du cimetière. Personne ne viendrait se recueillir sur sa tombe, mais au moins, elle reposerait enfin en paix. Tomar sentait une partie du poids qu'il portait sur ses épaules se dissoudre avec la résolution de cette affaire. Mais l'image des enfants morts le hantait toujours lorsqu'il raccompagna sa mère vers la sortie. Ils marchèrent silencieusement dans une grande allée bordée d'arbres aux branches encore dépouillées. Ara se tenait à son bras comme à une canne, fixant les gravillons au sol.

— Tu y as pensé ? demanda Tomar d'une voix hésitante.

— De quoi veux-tu parler ? répondit-elle tout en sachant très bien ce qu'il voulait dire.

— À la mort…

— Bien sûr. La mort est comme la naissance, Tomar… une étape.

— Tu as pensé à te suicider ?

Après un moment de silence, Ara reprit la parole avec cette voix ferme qu'il lui connaissait.

— Quand ton père a commencé à me battre, j'ai voulu le tuer et en finir… mais si j'avais fait ça, c'est comme si je vous avais abandonnés, ton frère et toi. Alors maintenant, ce qu'il faut comprendre, c'est que c'est loin tout ça, Tomar… Ton père est mort, tu es en vie, c'est ça l'important.

Il aurait bien voulu que ce soit aussi facile, mais on n'effaçait pas le passé comme on éteignait la lumière. Son père avait beau reposer au pied du cerisier, il était toujours là, quelque part dans son crâne, même les scanners le montraient. Un secret qu'il n'avait pas encore partagé avec Ara.

Arrivé à la sortie du cimetière, Tomar lui proposa de la raccompagner de l'autre côté du périphérique.

— Non merci, je vais marcher, ça va me faire du bien, avait-elle répondu en l'embrassant tendrement sur la joue.

Alors que Tomar observait sa mère s'éloigner sur le trottoir en direction d'une bouche de métro, il repensa à ses mots et se dit que, lui aussi, avait une lumière pour le guider dans les ténèbres. Il retourna rejoindre ses amis et profita d'un moment d'intimité avec Rhonda pour l'embrasser. Ils étaient vivants, c'est tout ce qui comptait.

54

Il y avait, sur l'île Saint-Louis, une petite église dont le clocher en pointe s'éclairait de tons jaunâtres à la lumière du matin. Tomar avait l'habitude de s'y rendre en traversant le pont reliant les deux îles pour remonter le long du quai d'Orléans. Il entamait ce pèlerinage solitaire d'une quinzaine de minutes lorsqu'il avait besoin de calme et que l'agitation incessante du 36 commençait à lui taper sur les nerfs. En passant le portail surplombé d'une antique horloge en émail, on pénétrait directement dans la nef de l'église encadrée de vastes colonnes en pierre blanche. Une vingtaine de rangées de chaises vides – Dieu n'avait pas trop la cote en ce moment –, coulaient jusqu'à l'autel surplombé par un soleil en bois doré. Tomar déambulait sur le côté de la nef où une série de chapelles et d'alcôves abritaient des représentations de saints, quelques panneaux peints et la relique d'un abbé bienfaiteur. Deux semaines s'étaient écoulées depuis l'enterrement, et l'affaire Fantazmë était désormais définitivement classée aux yeux de l'administration. Restait en suspens le volet européen, géré par Interpol, et le groupe Khan se concentrait déjà sur un autre dossier.

Mais ce n'était pas pour cette raison que Tomar avait entamé sa marche jusqu'à ce sanctuaire secret que même Rhonda ne connaissait pas. Le professeur Cherqui l'avait contacté quelques heures plus tôt pour lui livrer les résultats de sa biopsie. Sa tumeur était bénigne et son diagnostic moins sévère que ce à quoi il s'attendait. Les crises d'épilepsie continueraient, Tomar devrait prendre un traitement médicamenteux et faire des contrôles fréquents, mais il échappait à la chirurgie lourde et aux rayons. Il s'installa dans un recoin sous un immense vitrail aux tons rouges représentant saint Louis, sceptre à la main, visage tourné vers le ciel. La lumière du matin se répandait en voile coloré, Tomar tenait un cierge qu'il déposa sur le brûloir au pied d'une statue de saint Martin. Il n'était pas croyant, du moins pas catholique, ni fan des religions dogmatiques, mais dans ce genre de moment, il avait envie de remercier quelqu'un ou quelque chose pour lui avoir évité le pire. La flamme se consumait lentement, libérant des volutes de fumée amplifiées par la lumière rasante. Tomar sentit alors une présence et pivota la tête sur le côté. Quelqu'un était assis au premier rang, il ne l'avait pas vu en entrant dans l'église. L'homme se tourna vers lui, et Tomar reconnut Bob. Pas le Bob décharné qui hantait ses cauchemars depuis deux ans, mais Robert Müller tel qu'il était la dernière fois qu'il l'avait vu vivant, avec ses bajoues épaisses, sa mâchoire carrée et ses épaules de déménageur. Bob se leva pour venir le rejoindre, il marchait normalement et c'en était presque plus effrayant.

— Tu sais que tu ne rêves pas, dit-il d'une voix claire.

— Je sais, répondit Tomar en observant le visage de cet homme mort depuis deux bonnes années. Mais maintenant je sais aussi d'où me viennent ces visions.

— Parce que tu crois que je n'existe pas ? questionna Bob.

— J'en ai même la preuve, Bob. Je ne dis pas que c'est normal, ça non… mais je comprends ce qui m'arrive maintenant. Et je sais comment me soigner…

— Si tu le dis.

Bob se leva et posa un doigt sur la flamme de la bougie pour l'éteindre. Mais ses doigts passèrent à travers et la lumière continua de vaciller tranquillement.

— Tu vois, tu n'existes pas, tu ne peux rien faire…

Le fantôme eut comme un soupir et se dressa de toute sa hauteur pour toiser Tomar.

— De toute façon, ça n'a plus d'importance. Je suis venu te dire que je m'en vais… Tu connais la chanson, non ? Alors voilà, c'est fini camarade, le bon vieux Bob va retourner là où tu l'as envoyé, dans l'oubli. Et j'espère que tu vas m'embrasser après tout ce que j'ai fait pour toi.

Tomar fixait le visage figé de son interlocuteur. Le ton de sa voix avait changé, il n'était plus le croque-mitaine menaçant de ses nuits sans sommeil. Il y avait comme de l'émotion dans ses mots. Est-ce que la découverte de sa tumeur avait démasqué quelque chose dans le psychisme de Tomar ? Est-ce que cette chose acceptait la défaite et se retirait comme un joueur malchanceux d'une table de poker ?

— Adieu, dit Tomar en se parlant à lui-même.

Bob lui tourna le dos avant d'avancer vers le chœur de l'église. Puis il se pencha une dernière fois pour lui glisser quelques mots.

— Au fait, j'allais oublier. J'ai envie de te faire un petit cadeau avant de partir…

Tomar sentit une violente angoisse lui saisir les tripes. Elle se déversa en lui comme la lave dans le cœur d'un volcan, prête à exploser pour tout engloutir.

— Ton copain Belko… C'est pas toi qui l'as tué, alors arrête de flipper.

Tomar fixa le visage du spectre dont les traits commençaient à devenir flous.

— Tu vois que je t'aime, ducon, dit-il avant de disparaître dans un rayon de lumière.

Et Tomar se retrouva seul.

Composition et mise en pages
Nord Compo à Villeneuve-d'Ascq

Achevé d'imprimer en décembre 2017
par CPI
pour le compte des éditions Calmann-Lévy
21, rue du Montparnasse 75006 Paris

PAPIER À BASE DE FIBRES CERTIFIÉES

CALMANN LEVY s'engage pour l'environnement en réduisant l'empreinte carbone de ses livres. Celle de cet exemplaire est de :
600 g éq. CO_2
Rendez-vous sur www.calmann-levy-durable.fr

N° d'éditeur : 7452132/01
N° d'imprimeur : 2033633
Dépôt légal : janvier 2018
Imprimé en France.